“十三五”江苏省高等学校重点教材(编号:2020-2-289)

中国古代海洋文学作品选读

滕汉洋　王恩建　主编

中国矿业大学出版社
·徐州·

图书在版编目(CIP)数据

中国古代海洋文学作品选读/滕汉洋,王恩建主编
.—徐州:中国矿业大学出版社,2023.10
ISBN 978-7-5646-6038-3

Ⅰ.①中… Ⅱ.①滕… ②王… Ⅲ.①中国文学—古典文学—作品综合集 Ⅳ.①I212.01

中国国家版本馆CIP数据核字(2023)第208779号

书　　名	中国古代海洋文学作品选读
主　　编	滕汉洋　王恩建
责任编辑	齐　畅　李　敬
出版发行	中国矿业大学出版社有限责任公司 (江苏省徐州市解放南路　邮编221008)
营销热线	(0516)83885370　83884103
出版服务	(0516)83995789　83884920
网　　址	http://www.cumtp.com　**E-mail**:cumtpvip@cumtp.com
印　　刷	苏州市古得堡数码印刷有限公司
开　　本	787 mm×1092 mm　1/16　**印张** 15.25　**字数** 242千字
版次印次	2023年10月第1版　2023年10月第1次印刷
定　　价	68.00元

(图书出现印装质量问题,本社负责调换)

《中国古代海洋文学作品选读》编委会

主　编　滕汉洋　王恩建

编　委　李　高　邢　猛　袁　丁

毛　睿　姜云鹏

前　言

中国古代海洋文学源远流长。早在先秦时期，海洋文学的星火已经闪耀；唐宋元明清时期，更是呈现出燎原之势。对于整个中国古代文学而言，海洋文学是其中璀璨夺目的一部分，理应得到高度重视。但是，在21世纪是海洋世纪已经成为世界共识、海洋及海洋文化研究日趋升温的背景下，中国古代海洋文学的相关研究一直处于不温不火的状态。一方面，许多学者受西方主流观点的影响，对中国海洋文学缺乏正确认知。如黑格尔在其《历史哲学》一书中认为，中国“并没有分享海洋所赋予的文明”，“海洋没有影响他们的文化”。这一判断近二百年来一直影响着国际文化史学者的认知，一定程度上也影响了中国学者投身古代海洋文学研究的积极性。另一方面，中国文学典籍浩如烟海，古代海洋文学的相关资料零碎分散，长期以来一直缺乏系统整理，这也给有志于从事海洋文学研究的学者造成了较多困难。近些年来，以上两方面的情况虽略有改观，但总体上仍不尽如人意。

有鉴于此，我们组织编写了这本《中国古代海洋文学作品选读》，从历代典籍中选取海洋文学作品70余篇，每篇配以作者介绍、简单注释和要言不烦的评析。所选作品按照时代先后顺序，分先秦、汉魏六朝、隋唐宋金、元明清四个时段编排，以明古代海洋文学发展的历史大势。除先秦时期外，各段又按文体进行分类。通过阅读本书，读者可以对中国古代海洋文学有一个大致了解，庶几可以窥见中国古代海洋文学的璀璨光芒。

限于编者的学识水平，书中存在一定问题和不足，诚恳希望得到读者的批评指正。

编　者

2023年9月

目　录

先秦时期

汉魏六朝时期

诗　歌

散文辞赋

笔记小说

隋唐宋金时期

诗　词

散　文

笔记小说

元明清时期

诗　歌

先秦时期

《庄子》

《庄子》，亦称《南华经》，是庄子及其后学所著道家学说的汇总。庄子（约前369—前286），名周，宋国蒙（今河南商丘）人，战国时期哲学家、思想家、文学家。曾做过蒙地的漆园吏，拒绝过楚威王的礼聘。庄子继承和发展老子的“道法自然”思想，奠定了道家的哲学基础，与老子并称“老庄”，是先秦道家学派的代表人物。《庄子》之文汪洋恣肆，多采用寓言故事形式，想象丰富，在哲学、文学上都有较高的研究价值。

逍遥游（节选）

北冥有鱼[1]，其名为鲲[2]。鲲之大，不知其几千里也。化而为鸟，其名为鹏[3]。鹏之背，不知其几千里也；怒而飞[4]，其翼若垂天之云[5]。是鸟也，海运则将徙于南冥[6]。南冥者，天池也[7]。

《齐谐》者[8]，志怪者也[9]。《谐》之言曰：“鹏之徙于南冥也，水击三千里[10]，抟扶摇而上者九万里[11]。去以六月息者也[12]。”野马也，尘埃也[13]，生物之以息相吹也[14]。天之苍苍，其正色邪[15]？其远而无所至极邪[16]？其视下也[17]，亦若是则已矣[18]。

且夫水之积也不厚，则其负大舟也无力。覆杯水于坳堂之上[19]，则芥为之舟[20];置杯焉则胶[21],水浅而舟大也。风之积也不厚,则其负大翼也无力。故九万里,则风斯在下矣,而后乃今培风[22];背负青天而莫之夭阏者[23],而后乃今将图南[24]。

【注释】

[1] 北冥:北海。冥,通"溟",指海。下文的"南冥"指南海。

[2] 鲲(kūn):大鱼名。

[3] 鹏:大鸟名。

[4] 怒:通"努",意为振奋。此处指振动翅膀。

[5] 垂天之云:谓鹏翼之大,有如天边之云。垂,通"陲",意为边。

[6] 海运:指风吹动海水翻腾。

[7] 天池:天然形成的大池。

[8] 《齐谐》:先秦神话集,出于齐国,故名《齐谐》。

[9] 志怪:记载怪异的事物。志,记载。

[10] 水击:指鹏翼拍激海水而飞腾。击,通"激"。

[11] 抟:盘旋上升。扶摇:盘旋而上的暴风。

[12] 去:离开。息:气息,此处指风。

[13] 野马:空中浮游的水气。尘埃:空中浮游的尘土。

[14] 息:气息。

[15] 邪:同"耶",疑问语气词。

[16] 其:抑或,还是。

[17] 其:指大鹏。视下:向下俯视。

[18] 则已:而已。

[19] 坳(ào)堂之上:堂上低洼处。

[20] 芥:小草。

[21] 胶:粘住,停滞。

[22] 而后乃今:"乃今而后"之倒装,意为然后。培风:乘风。

[23] 莫之夭阏(è):无所阻遏,不可阻碍。

[24] 图南:准备飞往南海。

【评析】

此段文字大笔挥洒，以描写神奇莫测的巨鲲大鹏开端，运用夸张手法向我们展示了一幅雄奇壮丽的画卷：北方深海之中，有一条“不知其几千里”长的巨鲲。这条鱼的巨大，已经够令人惊奇的了，而它竟又变化为一只大鹏，积满气力，怒张毛羽，一飞冲天，翅膀像遮天盖地的大块云影。这样的鱼和鸟，现实生活中显然是不存在的。但作者为了证明他的描写可信，又通过《齐谐》的记载和“风之积也不厚，则其负大翼也无力”的道理，展现大鹏图南的恢宏气势，越发使我们感受到一种高远宏阔的境界。可以说，只有海洋的神秘和辽阔，才能承载如此神奇的鲲鹏，海洋为庄子气势恢宏的描写提供了素材和想象的空间。

应　帝　王（节选）

南海之帝为儵[1]，北海之帝为忽，中央之帝为浑沌[2]。儵与忽时相与遇于浑沌之地，浑沌待之甚善[3]。儵与忽谋报浑沌之德[4]，曰：“人皆有七窍以视听食息[5]，此独无有，尝试凿之。”日凿一窍，七日而浑沌死。

【注释】

[1]　儵(shū)：同“倏”，迅疾之意。与下文的“忽”，皆为庄子虚构的海神。

[2]　浑沌：本意是大道浑全未亏，这里代指无为之大道。

[3]　待：款待。善：好。

[4]　谋报：商量报答。

[5]　视听食息：看、听、饮食、呼吸。

【评析】

本段文字是庄子信手而就的寓言故事。南海之帝儵和北海之帝忽在一起商量报答浑沌的深厚情谊，说人人都有眼耳口鼻七个窍孔用来视听食息，唯独浑沌没有，于是试着为他凿开七窍。儵和忽本来是好心，可是他们好心却办了坏事。他们每天替浑沌凿出一个孔窍，凿了七天浑沌也就死去了。生活中，很多人和事，应顺其自然，若强求达到某些人为的标准，结果很可能适得其反。庄子虚构的这个故事是为了说明，凡事要根据实际情况，尊重客观规律，不要附加人为的因素，随意而为。

秋　水（节选）

秋水时至[1]，百川灌河，泾流之大[2]，两涘渚崖之间[3]，不辩牛马[4]。于是焉河伯欣然自喜[5]，以天下之美为尽在己。顺流而东行，至于北海，东面而视，不见水端，于是焉河伯始旋其面目[6]，望洋向若而叹曰[7]："野语有之曰[8]：'闻道百以为莫己若者'[9]，我之谓也。且夫我尝闻少仲尼之闻而轻伯夷之义者[10]，始吾弗信；今我睹子之难穷也[11]，吾非至于子之门，则殆矣，吾长见笑于大方之家[12]。"

北海若曰："井蛙不可以语于海者，拘于虚也[13]；夏虫不可以语于冰者，笃于时也[14]；曲士不可以语于道者[15]，束于教也[16]。今尔出于崖涘，观于大海，乃知尔丑，尔将可与语大理矣[17]。天下之水，莫大于海，万川归之，不知何时止而不盈[18]，尾闾泄之[19]，不知何时已而不虚[20]；春秋不变，水旱不知。此其过江河之流，不可为量数[21]。而吾未尝以此自多者[22]，自以比形于天地而受气于阴阳[23]，吾在天地之间，犹小石小木之在大山也，方存乎见少[24]，又奚以自多[25]！计四海之在天地之间也，不似礨空之在大泽乎[26]？计中国之在海内，不似稊米之在大仓乎[27]？号物之数谓之万[28]，人处一焉；人卒九州[29]，谷食之所生，舟车之所通，人处一焉；此其比万物也，不似豪末之在于马体乎[30]？五帝之所运[31]，三王之所争[32]，仁人之所忧，任士之所劳[33]，尽此矣。伯夷辞之以为名，仲尼语之以为博，此其自多也，不似尔向之自多于水乎？"[34]

【注释】

[1] 时:按时。

[2] 泾流:直涌的流水。

[3] 两涘(sì):两岸。渚崖:水中小洲的岸边。

[4] 不辩牛马:形容河面阔大,两岸景物模糊不清。辩,通“辨”。

[5] 河伯:传说中的黄河之神。

[6] 旋:改变。这里指河伯改变其欣然自喜的神态。

[7] 望洋:连绵词,仰头远视貌。若:指北海之神北海若。

[8] 野语:俗语。

[9] 闻道百:听了很多道理。莫己若:“莫若己”之倒装,没有谁比得上自己。下文的“我之谓也”,即“谓之我也”的倒装。

[10] 且夫:而且。少:以……为少,意为贬低。仲尼:孔子,字仲尼。轻:轻视。伯夷:商朝末年孤竹国君的长子,因不愿继承国君之位,与弟叔齐投奔西伯侯姬昌。武王伐纣,伯夷、叔齐叩马而谏,不听。后以耻食周粟,饿死首阳山。古今推为仁义之人。

[11] 子:您,指北海若,此处借指大海。穷:尽。

[12] 长:长久,永远。见笑:被嘲笑。大方之家:指懂得大道的人。

[13] 拘:受限。虚:同“墟”,地域。

[14] 笃:固,拘限。

[15] 曲士:一曲之士,比喻偏执而孤陋寡闻的人。曲,意为一部分。

[16] 束:束缚。教:礼教。

[17] 大理:大道理。

[18] 盈:满。

[19] 尾闾:海水泄出之处,庄子虚构的地名。

[20] 虚:空虚,减少。

[21] 量数:用数量来计算。

[22] 自多:自夸,自满。

[23] 比形于天地:寄形于天地。

[24] 方存乎见少:只存了自以为小的念头。

[25] 奚(xī):疑问代词,相当于“胡”“何”。

[26] 礨(lěi)空:小洞。一说为蚁穴,亦通。

[27] 稊(tí)米:小米。

[28] 号物之数:物类名称的数量。

[29] 卒:通"萃",聚集。

[30] 豪末:毫毛。马体:马的身体。

[31] 五帝:传说中的上古五位帝王。说法不一,《史记·五帝本纪》中指黄帝、颛顼、帝喾、唐尧、虞舜。运:运筹。

[32] 三王:指夏、商、周三代之君。

[33] 任士:有才能的人。劳:操劳。

[34] 向:之前。

【评析】

本段文字中,作者运用想象和夸张的笔法描绘了黄河惊心动魄的景象以及河伯沾沾自喜的神态。百川灌河,黄河暴涨,水流奔腾,两岸之间不辨牛马。于是河伯洋洋自得,认为天下之美集于自己一身。等到河伯顺流到达大海之后,见到了大海的宽广辽阔,才明白先前的自满是多么可笑。河伯的可贵之处在于,当他意识到自己的错误之后,能够及时反省。作者用细腻的笔调刻画出河伯思想感情的前后变化,让读者深切体会到河伯看到大海之后的惊讶、佩服与愧疚;同时,也为后面北海若关于小大之辩的说理奠定基础。应该说,海洋开阔了河伯的眼界,也为他提供了反省自我的契机。我们见到辽阔的海洋,常常感叹自己的渺小,生发出敬畏之心,这与河伯的感受是一致的。

外　物(节选)

任公子为大钩巨缁[1],五十犗以为饵[2],蹲乎会稽[3],投竿东海,旦旦而钓,期年不得鱼[4]。已而大鱼食之,牵巨钩,陷没而下,骛扬而奋鬐[5],白波若山,海水震荡,声侔鬼神[6],惮赫千里[7]。任公子得若鱼,离而腊之[8],自制河以东[9],苍梧已北[10],莫不厌若鱼者[11]。已而后世辁才讽说之徒[12]，皆惊而相告也。夫揭竿累[13]，趋灌渎[14]，守鲵鲋[15]，其于得大鱼难矣。饰小说以干县令[16]，其于大达亦远矣[17]。是以未尝闻任氏之风俗[18]，其不可与经于世亦远矣[19]。

【注释】

[1] 巨缁：粗大的黑绳。缁，黑绳。

[2] 犗(xiá)：犍牛，即阉牛。

[3] 会稽：山名，在今浙江绍兴。

[4] 期年：一整年。

[5] 骛扬：迅疾浮游。奋：伸张。鬐(qí)：同“鳍”。

[6] 侔(móu)：等同，比得上。

[7] 惮赫：震惊。

[8] 离：剖开。腊：晾干。

[9] 制河：浙河。制，即“淛”，通“浙”。

[10] 苍梧：苍梧山，在湖南宁远境内，相传为虞舜葬所。已，通“以”。

[11] 厌：饱食。

[12] 辁(quán)才：小才，指浅见之士。辁，没有辐的车轮。讽说：传说，道听途说。

[13] 揭：举，拿着。累：细绳。

[14] 灌渎：灌溉用的小沟渠。

[15] 鲵(ní)鲋(fù)：泛指小鱼。

[16] 小说：指浅陋的言辞。干：求。县：通“悬”。县令即悬令，指高美的声誉。

[17] 大达：通达于大道。

[18] 风俗：风度。

[19] 经于世：经理世事。

【评析】

本段文字是一则寓言故事。任公子用大饵在东海垂钓，所以能钓到大鱼，供许多人食用；而一般人拿小钓竿在沟渠边钓鱼，自然无法钓到大鱼。庄子用对比手法，嘲讽那些眼热的东施效颦者，只学得皮毛而不懂精髓，实在是可笑可悲。古往今来，那些貌似经世济民而实际上汲汲于功名富贵的人，在庄子的眼里，都是伪饰浅薄之徒。而庄子经世济民的入世思想，其境界之深刻高远，不是一般世俗之人所能揣度的。任公子投钓的东海，与一般人投钓的灌渎，也成为大达与小说的形象指代。

《列子》

《列子》相传为战国时列御寇所著。列御寇，亦称列子、圄寇、圉寇，相传为战国时郑人，《庄子》中有许多关于他的传说。其学本于黄老，主张虚静无为，被道家尊为前辈。《列子》一书，《汉书・艺文志》"道家"部分著录为八卷，早佚。今本《列子》八卷可能是晋人张湛辑录增补的。《列子》内容多为民间故事、寓言和神话传说，旨意大致同于老、庄，又往往与佛经相参合，对后世之哲学、文学、科技等有深远影响。

汤　问（节选）

汤又问[1]："物有巨细乎？有修短乎？有同异乎？"革曰[2]："渤海之东不知几亿万里，有大壑焉[3]，实惟无底之谷[4]，其下无底，名曰归墟[5]。八纮九野之水[6]，天汉之流[7]，莫不注之，而无增无减焉。其中有五山焉：一曰岱舆，二曰员峤，三曰方壶，四曰瀛洲，五曰蓬莱。其山高下周旋三万里[8]，其顶平处九千里。山之中间相去七万里，以为邻居焉。其上台观皆金玉，其上禽兽皆纯缟[9]。珠玕之树皆丛生[10]，华实皆有滋味[11]，食之皆不老不死。所居之人皆仙圣之种，一日一夕飞相往来者，不可数焉。而五山之根无所连箸[12]，常随潮波上下往还，不得暂峙焉。仙圣毒之，诉之于帝。帝恐流于西极，失群仙圣之居，乃命禺强使巨鳌十五举首而戴之[13]。迭为三番[14]，六万岁一交焉。五山始峙而不动。而龙伯之国有大人[15]，举足不盈数步而暨五山之所，一钓而连六鳌，合负而趣归其国，灼其骨以数焉[16]。于是岱舆、员峤二山流于北极，沉于大海，仙圣之播迁者巨亿计。帝凭怒[17]，侵减龙伯之国使阨[18]，侵小龙伯之民使短。至伏羲、神农时，其国人犹数十丈。"

【注释】

[1] 汤：姓子名履，原为商部落首领，后灭夏桀，建立商朝。

[2] 革：夏革，汤的大臣。

[3] 大壑：此处指大海。

[4] 惟：是。

[5] 归墟：众水所归之地，指大海最深处。

[6] 八纮(hóng)：大地的极限。九野：指天的中央和八方。

[7] 天汉：银河。古代神话传说中认为海洋与银河相通。

[8] 高下周旋：上下四周。

[9] 纯缟：纯白色。

[10] 玕(gān)：一种类似玉的石头。

[11] 华实：花朵和果实。滋味：美味。

[12] 箸：通"著""着"。

[13] 禺强：传说中的北方之神，人面鸟身。戴：通"载"。

[14] 迭：轮流。番：更代。

[15] 龙伯之国：神话中的巨人国。

[16] 数：占卜。

[17] 凭(píng)怒：大怒。凭，同"凭"。

[18] 侵减：逐渐减小。阨：通"隘"，狭小。

【评析】

本段文字记录的是商汤与夏革的一段对话。渤海之东有一片无底的海洋，上面有五座仙山，山上住着仙圣。因为大海无底，海上仙山的根部也并不相连，终日漂浮不定。天帝因为担心仙山漂走，于是命令禺强指挥十五只大鳌，轮番把这五座山顶住，使其稳定下来不再流动。但龙伯之国有个巨人，钓走了六只巨鳌，结果导致两座山沉入大海，仙圣流离迁徙。龙伯之国因此受到惩罚，其版图逐渐缩小，其国民身材也变得矮小。本段文字借神秘的海洋传说，通过大国变成小国、巨人变成矮人的故事，旨在说明大小并非固定不变的道理。作者对海洋世界的想象十分奇特，虽尽是幻设之事，但极富浪漫主义色彩，一定程度上反映了先民对神秘海洋世界的认知。

《山海经》

《山海经》包括《山经》五卷和《海经》十三卷，作者不详，各卷撰成年代亦无定论，当非出自一时一人之手。其中十四卷为战国时作品，四卷为西汉初作品。其内容主要为民间传说中的地理知识，包括山川、道里、民族、物产、药物、祭祀、巫医等，保存了许多远古神话传说，对古代的历史、地理、文化、中外交通、民俗、神话等研究均有重要的参考价值。

北　山　经（节选）

发鸠之山，其上多柘木[1]。有鸟焉，其状如乌，文首[2]、白喙[3]、赤足[4]，名曰精卫，其鸣自詨[5]。是炎帝之少女名曰女娃[6]，女娃游于东海，溺而不返，故为精卫，常衔西山之木石，以堙于东海[7]。

【注释】

[1]　柘(zhè)木：一种常绿灌木，叶可养蚕。

[2]　文首：头上有花纹。文，通“纹”。

[3]　喙(huì)：鸟兽的嘴。

[4]　赤足：红色的脚。

[5]　自詨(xiāo)：又读 jiào。自己呼唤自己。詨，呼唤。

[6] 炎帝：神农氏，上古部落首领。

[7] 堙(yīn)：填埋。

【评析】

本段文字记载了精卫的前世今生。精卫原是炎帝的小女儿，名叫女娃。女娃去东海游玩，溺水而亡，遂化身为精卫鸟。它状如乌鸦，头有花纹，白嘴红脚，人们用它的叫声给它命名。这段文字的意义在于，大海第一次被描写成与人相对的自然力量，而精卫填海也寄寓了人类征服自然的愿望。精卫的故事虽然是一则神话传说，但在后世却成为一座精神灯塔，历代文人对其吟咏不绝。陶渊明《读山海经》云："精卫衔微木，将以填沧海。刑天舞干戚，猛志固常在。同物既无虑，化去不复悔。徒设在昔心，良辰讵可待。"韩愈《学诸进士作精卫衔石填海》云："鸟有偿冤者，终年抱寸诚。口衔山石细，心望海波平。渺渺功难见，区区命已轻。人皆讥造次，我独赏专精。岂计休无日，惟应尽此生。何惭刺客传，不著报仇名。"顾炎武《精卫》诗云："万事有不平，尔何空自苦？长将一寸身，衔木到终古。我愿平东海，身沉心不改。大海无平期，我心无绝时。"皆对精卫虽死无悔的坚韧品格和不屈不挠的精神给予肯定和赞扬。

大荒东经(节选)

东海中有流波山，入海七千里。其上有兽，状如牛，苍身而无角[1]，一足，出入水则必风雨，其光如日月，其声如雷，其名曰夔。黄帝得之，以其皮为鼓，橛以雷兽之骨[2]，声闻五百里，以威天下。

【注释】

[1] 苍身：青黑色的身体。

[2] 橛(jué)：通"撅"，敲打。雷兽：雷神，人面龙身。

【评析】

本段文字记载的是东海流波山中的一个名为夔的怪兽。夔身形与牛类似，但只有一只脚，每次出水入水都会引发狂风暴雨。更为奇特的是，夔光如日月，声响如雷，因此黄帝杀死夔后，用其皮制成鼓，以雷神之骨敲击，能够声闻五百里，真可谓威震天下。据说，夔牛皮制成的鼓在黄帝战蚩尤的过程中曾发挥很大作用。《绎史》卷五引《黄帝内传》云："黄帝伐蚩尤，玄女为帝制夔牛皮鼓八十面，一震五百里，连震三千八百里。"但到后来，夔由神兽逐渐演化成人。据《韩非子·外储说左下》记载，鲁哀公曾问孔子："吾闻夔一足，信乎？"孔子回答他："夔，人也，何故一足？彼其无他异，而独通于声。尧曰：'夔一而足矣。'使为乐正。故君子曰：'夔有一，足。'非一足也。"孔子认为夔并非神兽，而是尧手下的乐官，所谓"一足"并非一只脚的意思，而是"有夔一个人就足够了"的意思。显然，孔子用如同文字游戏的方式对夔的神话传说进行了历史化加工，试图消解夔身上所附加的神秘色彩。从此以后，夔便由一个神兽演变成了尧的贤臣。

汉魏六朝时期

诗　歌

曹　操

曹操(155—220),三国时政治家、军事家、诗人。字孟德,沛国谯(今安徽亳州)人。于汉末举孝廉,为洛阳北部尉,迁顿丘令。后镇压黄巾起义,讨伐董卓,击败袁绍,挟天子以令诸侯,逐步统一北方,封魏王。建安二十五年(220)病逝于洛阳。其子曹丕篡汉后,追尊曹操为"武帝"。曹操不仅有武略,也擅长文学创作,与其子曹丕、曹植并称"三曹",同为建安文学的代表。著作有《魏武帝集》。

观　沧　海

东临碣石,以观沧海[1]。水何澹澹,山岛竦峙[2]。树木丛生,百草丰茂。秋风萧瑟,洪波涌起。日月之行,若出其中;星汉灿烂,若出其里[3]。幸甚至哉!歌以咏志[4]。

【注释】

[1]　碣石:碣石山,位于今河北省昌黎县境内,濒临渤海。沧海:指

渤海。

[2] 澹澹：水波摇荡貌。竦峙：高耸挺立。竦，通“耸”。

[3] 星汉：银河。

[4] 歌以咏志：用诗歌来表达志向。《步出夏门行》组诗中每首结尾皆有“幸甚至哉！歌以咏志”两句。

【评析】

建安十二年(207)，曹操北征乌桓，在凯旋的途中写下《步出夏门行》组诗四首，《观沧海》即其中的第一首。诗人在碣石山上眺望大海，看到起伏荡漾的海水，矗立海中的岛屿，繁盛茂密的草木，一派生机勃发之景，勾起了无限联想：海纳百川，吞吐万物，让人觉得日月星辰都是大海所孕育的。诗歌写景采用了虚实结合的手法。实写波涛、海岛、草木，展现海洋之壮阔；“日月之行，若出其中；星汉灿烂，若出其里”四句则是虚写，将视野引向太空、宇宙，进一步展现海洋之博大。作为著名的政治家与军事家，曹操经历了汉末的天下大乱，一生征战四方，所向披靡，气度豪迈，沧海吞吐宇宙的气象也成为诗人胸怀的象征。整首诗融情于景，雄浑慷慨，可谓建安风骨的典型代表。

谢灵运

谢灵运(385—433),南朝宋诗人。名公义,字灵运,陈郡阳夏(今河南太康)人。幼年寄养于外家,族人因名为客儿,世称谢客。晋车骑将军谢玄之孙,袭封康乐公,故又称谢康乐。南朝宋建国后,历任永嘉太守、侍中、临川内史等职,后因兴兵叛乱被杀。与颜延之齐名,并称"颜谢"。谢灵运一生好游,创作了大量山水诗,其诗大多描写会稽、永嘉、庐山等地的山水名胜,善以精丽之语刻画自然景物,在中国山水文学发展史上具有重要影响。原有集,已散佚,后人辑有《谢康乐集》。

郡东山望溟海

开春献初岁[1],白日出悠悠。荡志将愉乐[2],瞰海庶忘忧[3]。策马步兰皋[4],绁控息椒丘[5]。采蕙遵大薄[6],搴若履长洲[7]。白花皜阳林[8],紫虉晔春流[9]。非徒不弭忘[10],览物情弥遒[11]。萱苏始无慰[12],寂寞终可求。

【注释】

[1] 初岁:一年的开始。

[2] 荡志:涤荡心志,即散心。

[3] 瞰(kàn):观看。庶:或许,但愿。

[4] 兰皋:生长兰草的水边高地。与下文"椒丘"都是借用屈原《离骚》中的意象。

[5] 绁(xiè)控:勒马。

[6] 蕙:香草名。遵:沿着。大薄:指草木丛生之地。

[7] 搴(qiān):拔。若:杜若,香草名。长洲:水中长形的陆地。

[8] 皜(hào):通"皓",明亮。此处为形容词动用。

[9] 紫虈(xiāo):香草名,即白芷。晔(yè):光明,为形容词动用。

[10] 非徒:不仅,非但。弭(mǐ)忘:忘记,指前文的"忘忧"。

[11] 弥遒:更加强烈。

[12] 萱苏:萱草,又名忘忧草。

【评析】

东山在永嘉郡(今浙江温州)东北,北临永嘉江,东接沧海。诗乃谢灵运为永嘉太守时所作。此诗虽然以望海为题,但主要是写望海途中的春景与诗人的感受。开春时节,太阳冉冉升起,但是诗人似乎高兴不起来,于是希望通过望海涤除内心的忧虑。接下来四句,化用《离骚》里的成句,既写出了南方春天的特有风物,又暗喻个人高洁的品格。"白花皜阳林,紫虈晔春流"是诗歌中最精彩的两句,最能体现出诗人的炼字功夫与写景技巧。白与紫在色彩上形成鲜明对比,具有很强的视觉冲击力;皜与晔则形容词动用,让静景陡然鲜活起来,使整个空间熠熠生辉。然而,这美好的春景还是不足以消除诗人的忧愁,"非徒不弭忘,览物情弥遒",反而加深了诗人的伤感情绪。于是在最后,诗人以玄言作结,表达了归隐山林、寂寞终身的志向。整首诗融情、景、理于一体,结构严谨而文辞秀美,很能代表谢灵运山水景物诗的特点。

游赤石进帆海

首夏犹清和，芳草亦未歇。水宿淹晨暮[1]，阴霞屡兴没[2]。周览倦瀛壖[3]，况乃陵穷发[4]。川后时安流[5]，天吴静不发[6]。扬帆采石华[7]，挂席拾海月[8]。溟涨无端倪[9]，虚舟有超越[10]。仲连轻齐组[11]，子牟眷魏阙[12]。矜名道不足[13]，适己物可忽。请附任公言[14]，终然谢夭伐[15]。

【注释】

[1] 水宿：住在船上。淹：久。

[2] 兴没：出没。

[3] 瀛壖(ruán)：海岸。

[4] 陵：通“凌”，越过。穷发：指草木不生之地，语出《庄子·逍遥游》：“穷发之北有冥海者，天池也。”

[5] 川后：河伯，即河神。

[6] 天吴：水伯，即水神。

[7] 石华：与下句的“海月”皆海里的贝壳类动物。

[8] 挂席：扬帆。

[9] 溟涨：溟海与涨海，泛指大海。端倪：边际。

[10] 虚舟：轻舟。

[11] 仲连：鲁仲连，战国时齐人，曾用计帮助齐国打败燕国，功成不受封赏，逃归海上。组：系官印的绶带，代指官爵。

[12] 子牟：公子牟，战国时魏国公子，生平事迹不详。据《庄子·让王》记载，公子牟曾说自己“身在江海之上，心居乎魏阙之下”。魏阙：皇宫外高出的观楼，代指朝廷。

[13] 矜名：崇尚名声。

[14] 任公：太任公。孔子被围陈蔡时，任公前往慰问，批评孔子对富

贵功名的追求。事见《庄子·山木》。

[15] 谢:拒绝。夭伐:指人为因素或外力影响而导致损毁夭折。

【评析】

此诗是谢灵运为永嘉太守游赤石山时所作。据其《游名山志》记载,赤石山在永嘉永宁、安固二县的东南,濒临大海。诗人夏日游山,见景物清和,芳草未歇,水波不兴,遂挂席扬帆,虚舟越海。全诗先写赤石山之景,次写挂席海上的见闻和感受,最后则褒贬鲁仲连和公子牟,通过二人立身处世的不同选择,说明功名富贵不可求,唯有隐居才能全身远祸的道理。其中,"扬帆采石华,挂席拾海月。溟涨无端倪,虚舟有超越"几句,无疑是诗人体悟这种人生道理的关键。谢灵运出身世家大族,然郁郁不得志,此番又被贬永嘉,其心态的苦闷是可以想见的。通过出海游玩,采拾石华、海月,使诗人体验了普通人的生活乐趣,海洋的广阔和平静也使他获得了心灵的安慰。于是诗人觉今是而昨非,重新评估了自己的过往,获得了解脱尘网羁绊的智慧。通过外出游赏,在览景体物中表达人生感悟,是谢灵运诗歌惯用的表达方式。

沈　约

沈约(441—513),南朝梁文学家。字休文,吴兴武康(今浙江德清)人。仕宋、齐二代,后助梁武帝登位,为尚书仆射,封建昌县侯,官至尚书令,卒谥隐。与周颙等创“四声八病”之说,对古体诗向律诗的转变起了重要作用。其诗重藻饰,讲声律,与谢朓、王融诸人之作时号“永明体”。曾据何承天、徐爰诸家的宋史旧本撰成的《宋书》,是了解南朝刘宋王朝历史的基本典籍。后人辑其诗文有《沈隐侯集》。

秋晨羁怨望海思归

分空临澥雾[1],披远望沧流。八桂暧如画[2],三桑眇若浮[3]。烟极希丹水[4],月远望青丘[5]。

【注释】

[1]　澥(xiè)雾:稀薄的海雾。

[2]　八桂:与下句的“三桑”都是传说中神树。暧:昏暗不清。

[3]　眇:通“渺”,深远。

[4]　丹水:传说中的水名,南流注入渤海。

[5]　青丘:传说中的山名,多玉石。

【评析】

此诗写于沈约任职南清河太守时。南清河郡属南徐州，在今江苏省镇江市境内，地临长江而望东海。南朝齐东昏侯永元二年(500)，沈约因母亲年迈，上表辞官，未能得到批准，后来更被任命为南清河太守。对于本次任职，诗人内心显然是极不情愿的。因此，诗人暇日望海而生诗思，抒发羁怨思归之情。诗歌首两句点出望海的行为及所见之景，不过是澥雾、沧流这些模糊的景象，不多亦不明。于是后四句即从虚处入笔，通过传说中的八桂、三桑、丹水、青丘等四种虚拟的景物，极写自己所见的朦胧与迷离。按照一般的写法，接下来诗人应该抒发自己的羁怨之情，但全诗到此戛然而止，留下一片含蓄蕴藉之味，令读者不能释怀。因此，虽然无一句直写羁怨思归之情，但诗人望而不见的怅惘和思归不得的苦闷，完全包蕴在朦胧迷离的海上景象之中。全诗采用严格的对句，虚实相生，境界迷离而飘忽，在齐梁诗歌中别具特色。景在眼中而情在心中，以情统景而情在景外，是这首小诗能打动人的妙处所在。

郑道昭

郑道昭(？—516)，北魏诗人、书法家。字僖伯，荥阳开封(今河南开封)人。幼而好学，起官秘书郎，深得孝文帝赏识。其书法是魏碑体的代表，被誉为魏碑鼻祖。擅长五言诗，惜作品多佚，今仅存四首。

登云峰山观海岛

山游悦遥赏，观沧眺白沙[1]。云路沉仙驾[2]，灵章飞玉车[3]。金轩接日彩，紫盖通月华。腾龙蔼星水[4]，翻凤映烟家[5]。往来风云道，出入朱明霞[6]。雾帐芳宵起，蓬台植汉邪[7]。流精丽旻部[8]，低翠曜天葩。此瞩宁独好，斯见理如麻[9]。秦皇非徒驾，汉武岂空嗟。

【注释】

[1] 白沙：白沙河，在今山东莱州市境内，西流入海。

[2] 仙驾：神仙所乘之车，下文的“玉车”“金轩”“紫盖”之义同此。

[3] 灵章：原指道教的经典和符箓，这里代指五颜六色的云彩。

[4] 蔼：繁茂状，此处意为笼罩、遮盖。星水：天上的星宿。

[5] 烟家：烟雾缭绕的仙人之家，代指仙境。

[6] 朱明：太阳。

[7] 蓬台：蓬莱，传说中的仙山。汉邪(yé)：指天上的银河河道。此句

意谓蓬莱山好像建在银河之中。

[8] 流精：仙人居住的水晶宫阙。据东方朔《海内十洲记》，昆仑山正东之墉城有流精之阙。旻(mín)部：指天空。

[9] 如麻：杂乱、密集，意指繁多。

【评析】

云峰山在今山东省莱州市境内，地近北魏时的光州治所。此诗即为作者任职光州刺史时的游览之作，当时镌刻在云峰山石壁之上，流传至今。诗歌开篇两句切题，一写登山的快乐心情，一写观海所见之景，将视野引向远方。接下来的十二句通过奇特的想象，极写海上云气的千姿百态，借此营造一个迷离飘忽的神仙世界，呈现出不同于其他咏海诗的美感。末尾四句由写景转向抒情和说理，以秦始皇、汉武帝求仙的典故作结，一改前人对两位帝王的批判态度，认为神仙世界是真实存在的，同时也表达了对仙界生活的向往。通观全诗，虽然没有深刻的思想内涵，但是文辞秀丽，想象奇特。尤其是借鉴了南朝游仙诗的写作套路，采用赋体的铺叙手法，将古代仙人传说融入海洋书写，开辟了咏海诗的新路径。

刘　峻

刘峻(462—521),南朝梁学者、文学家。字孝标,平原(今山东平原)人。早年被掠入北魏为奴,后曾一度出家为僧,齐永明中逃归南方。天监初典校秘书,后任荆州户曹参军。讲学东阳紫岩山,从学者甚众。曾为刘义庆撰的《世说新语》作注,引证丰富,为世所重。其诗文亦擅美当时,颇具影响。有《广绝交论》《辨命论》等骈文名篇。原有集,已散佚,后人辑有《刘户曹集》。

登郁洲山望海

沧潦联霄岫[1],层岭郁巑岞[2]。下盘盐海底,上转灵乌翼[3]。滇沔非可辨[4],鸿溶信难测。轻尘久弭飞[5],惊浪终不息。云锦曜石屿,罗绫文水色[6]。

【注释】

[1] 沧潦:海水。霄岫:高耸入云的山峰。

[2] 巑(cuán)岞(zè):山势险峻貌。

[3] 灵乌:金乌,又名三足乌,传说中驾驭日车的神鸟。此处代指太阳。

[4] 滇沔(miàn):与下文的"鸿溶"皆指海水广袤无垠。

[5] 弭:停止。

[6] 罗绫：疏细而有花纹的丝织品，此处用以比喻水波。

【评析】

郁洲山在今江苏省连云港市云台山一带，古时处于海中，乘船可达。站在郁洲山上，正好可以一睹大海的雄姿。此诗即诗人登郁洲山看海所作。首两句描写山海相拥的地理形势，重在突出山的雄伟。沧海之中，郁洲山巍峨耸立，直插云霄。层层叠叠的山峰，险峻陡峭。接下来两句紧接上句，抓住了空间中两个极点，进一步突出了山的险峻：山盘踞在海底，而最高处又像碰到了太阳一样。接下来两句则由写山转入写海，写作视角也由仰视转为远眺："滇濿非可辨，鸿溶信难测"两句，用否定的句法，以人的无力感凸显大海的广阔无涯。"轻尘久弭飞，惊浪终不息"两句则从时间角度，展现了大海澎湃不止的气势。诗歌最后两句回切山海主题，云锦、罗绫之喻，让整首诗染上绚丽的色彩。总的来说，此诗多角度描写了大海的雄浑气势，虽见雕琢痕迹，仍具震撼人心的力量。

谢 朓

谢朓(464—499),南朝齐诗人。字玄晖,陈郡阳夏(今河南太康)人。因曾官宣城太守,世称谢宣城。曾任尚书吏部郎,后遭人诬陷,下狱死。谢朓在永明体作家中成就最高。其诗多描写自然景色,善于熔裁,风格清俊,时有警句,颇为唐人李白所推崇。谢朓开拓了山水诗的新境界,与南朝另一位山水诗人谢灵运齐名,谢灵运称"大谢",谢朓称"小谢"。著作有《谢宣城集》。

和刘西曹望海台

沧波不可望,望极与天平。往往孤山映,处处春云生。差池远雁没[1],飒沓群凫惊[2]。嚣尘及簿领[3],弃舍出重城[4]。临川徒可羡,结网庶时营[5]。

【注释】

[1] 差池:参差,不齐貌。

[2] 飒沓:鸟群飞貌。

[3] 嚣尘:纷扰喧嚣的尘世。簿领:公务文书。

[4] 重城:城市。古代城市有内城、外城,故名重城。

[5] "临川"两句:语本《淮南子·说林训》:"临河而羡鱼,不如归家织

网。”此句意谓将像刘西曹一样寄身沧海，以求归隐。庶：但愿。

【评析】

这是谢朓与其友人刘西曹的一首唱和诗。首句总写大海无边无际的状貌：沧海辽阔，无法望到边际，远远地只能看到水天相接。接下来两句写海中景物：到处都是峭拔的孤山与漂浮的春云——孤山有刚劲之感，春云则尽显柔美，一刚一柔，妙趣横生。远处的大雁时出时没，成群的海鸟在海面飞过。大海辽阔而充满生机，海鸟自由翱翔，这不禁让诗人反思人生：是追求海鸟般的自由，还是忍受尘世的羁绊呢？在后四句中，诗人表达了对纷扰尘世的厌烦，希望能够超脱物外，冲出“围城”，获得闲适与自由。整首诗意象清丽，诗人在想象的海景中抒发自己冲破尘网羁绊的渴望，有动人心弦的情韵。

祖珽

祖珽，生卒年不详，北齐大臣。字孝徵，范阳(今河北涞水)人。初为秘书郎，高洋为并州刺史，署为开府仓曹参军。后主即位，为秘书监加仪同三司。天统三年(567)欲谋宰相位，派人指责侍中和士开弄权等事，事泄被囚，双目失明；天统五年(569)，后主复为海州刺史，旋复秘书监。武平二年(571)，进位侍中；武平四年(573)，出为北徐州刺史，后卒于州。祖珽生性机警，才华横溢，不仅工诗善文，而且擅弹琵琶。但聚敛贪财，依附权贵，为人所不齿。

望海

登高临巨壑[1]，不知千万里。云岛相接连，风潮无极已。时看远鸿度[2]，乍见惊鸥起。无待送将归[3]，自然伤客子[4]。

【注释】

[1] 巨壑：指大海。

[2] 度：飞越。

[3] 送将归：指离别，语本宋玉《九辩》："登山临水兮送将归。"

[4] 客子：游子。

【评析】

诗歌起笔即平中见奇。诗人登高远望，面对辽阔的大海，好像一切语词都显得苍白无力，只能感叹“不知千万里”。接下来两句写大海里的景象：远远望去，海上的岛屿像在云中穿梭，绵延向远方。海风吹着浪涛，起伏激荡，永不停息。云岛风潮，似乎阻断了诗人的思绪，使其沉浸在一片澎湃与迷离之中。但是，面对惊涛骇浪，大雁却在远处翱翔，丝毫不畏惧风浪；海鸥在大海上时高时低地飞翔，犹如游戏一般举重若轻。人类难以逾越的大海，鸟类却可以自由翱翔，不禁让诗人感慨。作为一个身居异乡的游子，诗人顿生孤独飘零之感。整首诗动静相生，境界阔大。与曹操《观沧海》“水何澹澹，山岛竦峙”的描写相比较，更能显现出诗人对大海动荡不定的细微体察和深切感受。

散文辞赋

司马迁

司马迁(约前 145 或前 135—?),西汉史学家、文学家、思想家。字子长,夏阳(今陕西韩城)人。早年游历南北,曾师从孔安国、董仲舒等人学习《尚书》和《春秋》。元封三年(前 108),继其父司马谈之职任太史令。后因替败降匈奴的李陵辩解而触怒武帝,得罪下狱,受腐刑。出狱后任中书令,发愤著书,以"究天人之际,通古今之变,成一家之言"的史识,撰成中国第一部纪传体通史《史记》,奠定了中国史学的基本规范。《史记》被鲁迅誉为"史家之绝唱,无韵之离骚"。司马迁的人格精神及其《史记》,在中国文化史上具有深远影响。

史记・封禅书(节选)

自威、宣、燕昭使人入海求蓬莱、方丈、瀛洲[1]。此三神山者,其传在勃海中,去人不远[2];患且至,则船风引而去[3]。盖尝有至者,诸仙人及不死之药皆在焉。其物禽兽尽白,而黄金银为宫阙。未至,望之如云;及到,三神山反居水下。临之,风辄引去,终莫能至云。世主莫不甘心焉[4]。及至秦始皇并天下，至海上，则方士言之不可胜数。始皇自以为至海上而恐不及矣，使人乃赍童男女入海求之[5]。船交海中，皆以风为解[6]，曰未能至，望见之焉。其明年，始皇复游海上，至琅邪，过恒山，从上党归[7]。后三年，游碣石，考入海方士，从上郡归[8]。后五年，始皇南至湘山，遂登会稽，并海上，冀遇海中三神山之奇药[9]。不得，还至沙丘崩[10]。

【注释】

[1] 威、宣、燕昭：战国时期的齐威王、齐宣王和燕昭王。

[2] 勃海：今渤海。去：距离。

[3] 患且至：麻烦的是，每当快要靠近三神山的时候。风引而去：被风吹到别处。

[4] 世主：世间的帝王。

[5] 秦始皇派徐福率领童男童女数千人入海求仙。赍(jī)：带着。

[6] 交：到达。以风为解：被风吹得解体。

[7] 琅邪：琅琊，秦郡名，治所在今山东临沂。恒山：山名，在今河北曲阳，号称北岳。上党：秦郡名，治所在今山西长治。

[8] 碣石：山名，在今河北昌黎。考：考问，核查。上郡：秦郡名，治所在今陕西榆林。

[9] 湘山：今湖南省洞庭湖中之君山。会稽：山名，在今浙江绍兴。并海上：沿着海边行走。冀：希望。

[10] 沙丘：地名，在今河北邢台境内，秦始皇最后一次东巡途中，病死于此地的沙丘行宫。

【评析】

这段文字的前半段记载了先秦时期关于蓬莱、方丈、瀛洲三神山的相关传说。据传三神山在渤海之中，上有神仙及长生不老之药，还有金银建成的宫殿楼阁。虽离人不远，但却很难靠近：一方面，每次快要到达的时候，船只都会被风吹走；另一方面，三神山望之如云，靠近的时候反居水中。这一传说在靠近大海的齐、燕之地曾广泛流行，也引起了齐威王、齐宣王和燕昭王等人的兴趣，他们曾多次派人访求而不得。后半段主要记述秦始皇统一六国后的求仙行为。秦始皇是一个对神仙传说深信不疑的人，所谓“上有所好下必甚焉”，方士们纷纷投其所好，鼓动他入海求仙。徐福就是当时的齐地方士，曾率领数千童男童女入海求仙，据说他抵达了今天的日本，并最终留居在那里。其实，关于三神山的传说，本就是方士们骗人的鬼话，入海求仙是不可能有结果的。而人间帝王居然相信这一套鬼话，至死不疑，让人觉得非常讽刺。可悲的是，虽然有秦始皇的前车之鉴，但后世对神仙传说深信不疑的帝王仍然很多，令人深思。

枚 乘

枚乘(?—前140),西汉辞赋家。字叔,淮阴(今江苏淮安)人。文帝时为吴王刘濞郎中,曾上书劝阻吴王谋反,不听,遂去为梁孝王客。吴楚七国反,再上书劝刘濞罢兵,又不听。武帝即位后,以安车蒲轮征召入京,因年老,死于道中。有赋九篇,今存三篇,其中《七发》对汉赋创作特色的形成有重要影响。近人辑有《枚叔集》。

七 发(节选)

客曰:"将以八月之望,与诸侯远方交游兄弟,并往观涛乎广陵之曲江[1]。至则未见涛之形也,徒观水力之所到,则恤然足以骇矣[2]。观其所驾轶者,所擢拔者,所扬汩者,所温汾者,所涤汔者,虽有心略辞给,固未能缕形其所由然也[3]。怳兮忽兮,聊兮慄兮,混汩汩兮,忽兮慌兮,俶兮傥兮,浩瀇瀁兮,慌旷旷兮[4]。秉意乎南山,通望乎东海[5];虹洞兮苍天,极虑乎崖涘[6]。流揽无穷,归神日母[7]。汩乘流而下降兮,或不知其所止。或纷纭其流折兮,忽缪往而不来。临朱汜而远逝兮,中虚烦而益怠。莫离散而发曙兮,内存心而自持。于是澡概胸中,洒练五藏,澹澉手足,颒濯发齿[8]。揄弃恬怠,输写淟浊,分决狐疑,发皇耳目[9]。当是之时,虽有淹病滞疾,犹将伸伛起躄,发瞽披聋而观望之也，况直眇小烦懑、酲醲病酒之徒哉[10]！故曰：发蒙解惑，不足以言也。”

太子曰：“善！然则涛何气哉？”客曰：“不记也。然闻于师曰，似神而非者三：疾雷闻百里；江水逆流，海水上潮；山出内云，日夜不止。衍溢漂疾，波涌而涛起。其始起也，洪淋淋焉，若白鹭之下翔。其少进也，浩浩溰溰，如素车白马帷盖之张[11]。其波涌而云乱，扰扰焉如三军之腾装。其旁作而奔起也，飘飘焉如轻车之勒兵。六驾蛟龙，附从太白。纯驰浩蜺，前后骆驿。颙颙卬卬，椐椐彊彊，莘莘将将[12]。壁垒重坚，沓杂似军行。訇隐匈礚，轧盘涌裔，原不可当[13]。观其两傍，则滂渤怫郁，闇漠感突，上击下律[14]。有似勇壮之卒，突怒而无畏；蹈壁冲津，穷曲随隈，踰岸出追；遇者死，当者坏。初发乎或围之津涯，荄轸谷分[15]。回翔青篾，衔枚檀桓[16]。弭节伍子之山，通厉胥母之场[17]。凌赤岸，篲扶桑，横奔似雷行。诚奋厥武，如振如怒。沌沌浑浑，状如奔马。混混庉庉，声如雷鼓[18]。发怒庢沓，清升踰跇，侯波奋振，合战于藉藉之口[19]。鸟不及飞，鱼不及回，兽不及走。纷纷翼翼，波涌云乱。荡取南山，背击北岸。覆亏丘陵，平夷西畔。险险戏戏，崩坏陂池，决胜乃罢[20]。瀄汩潺湲，披扬流洒[21]。横暴之极，鱼鳖失势，颠倒偃侧，沋沋湲湲，蒲伏连延[22]。神物怪疑，不可胜言。直使人踣焉，洄闇凄怆焉[23]。此天下怪异诡观也，太子能强起观之乎？”太子曰：“仆病，未能也。”

【注释】

[1] 八月之望：夏历八月十五日，此时江潮最大。广陵：今扬州。曲江：河名，在扬州城外。

[2] 恤然：惊恐貌。

[3] 驾轶：凌驾。擢拔：提起。扬汩：扬起。温汾：凝聚。涤汔（qì）：涤荡。心略：心里估算。辞给：有口才。缕形：详细形容。

[4] 忼兮忽兮：恍惚，模糊不清貌。聊兮慄兮：聊慄，恐惧貌。混汩汩：波涛混流貌。俶（chù）兮傥（tǎng）兮：俶傥，卓异不凡貌。浺（wǎng）瀁（yǎng）：水深广貌。慌旷旷：广大貌。

［5］ 秉意：集中注意力。

［6］ 虹洞：水弥漫无际貌。

［7］ 日母：太阳。

［8］ 澡概：与“洒练”、“澹（dàn）澉（gǎn）”、“颒（huì）濯”等词均有洗濯涤荡的意思。

［9］ 揄弃：扬弃。输写：倾泻。淟（tiǎn）浊：污浊。分决：分辨。发皇：醒豁。

［10］ 伛（yǔ）：驼背。躄（bì）：瘸腿。瞽（gǔ）：双目失明。酲（chéng）醲（nóng）：指醉酒。

［11］ 溰溰：同“皑皑”，指水翻起的白浪，如皑皑白雪一般。

［12］ 颙（yóng）颙卬（áng）卬：与“椐（jū）椐彊（qiáng）彊”“莘莘将将”等词皆波涛激荡貌。

［13］ 訇（hōng）隐匈礚（kē）：形容波涛碰击的巨大声响。当：抵挡。

［14］ 傍：通“旁”。滂渤：磅礴。怫（fú）郁：郁积。闇（àn）漠：暗漠，模糊不清。

［15］ 荄（gāi）轸（zhěn）谷分：波涛遇到山陇和川谷即分流。荄，通“陔”，山陇。轸，通“畛”，田间小路，引申为区隔。

［16］ 回翔：回旋。青篾：车名。衔枚：古代行军为保持安静，士兵口衔树枝。此处以衔枚形容潮水无声。檀桓：盘桓。

［17］ 弭节：慢行。伍子：指伍子胥。通厉：远行。胥母：今江苏吴县之莫厘山。

［18］ 混混庉庉（tún）：浪涛奔腾声。

［19］ 庢（zhì）沓：波涛受阻碍而沸涌。踰（yú）跇（yì）：腾跃。侯波：巨大的波浪。藉藉：地名。口：港口。

［20］ 险险戏戏：倾斜危险貌。

［21］ 澌（zhì）汩（gǔ）：水流激荡貌。

［22］ 沋（yóu）沋湲湲：形容鱼鳖颠倒的样子。蒲伏：匍匐，爬行。

［23］ 踣（bó）：跌倒。泂闇：深暗不明貌。

【评析】

《七发》以客答太子问的形式，介绍了六种活动，以消除太子的烦恼，使其心胸开阔，以免因久耽安乐而生病。这六种活动即音乐、饮食、车马、游览、畋猎、观涛。此处节选的就是其中的广陵观涛一段。古代扬州位于长江和大海的交汇处，此处江面较窄，当海水急速上涨时，极易形成奔腾澎湃的潮涌。广陵潮即是由这一特定地理条件所形成的罕见自然景观。历代文人吟咏广陵潮的作品很多，而以枚乘《七发》中的描写最早也最具影响。作者按观涛前、观涛时、观涛后的时间顺序，逐层描摹了广陵潮水波涌云乱的壮观场面。首先是“未见涛之形也，徒观水力之所到”的先声夺人，引起太子的惊骇和注意。继而又言潮水涌起、波翻浪滚的壮阔场面。虽欲一探究竟，却恍惚无边，不知所来。于是只能把视线转向南山和东海，然而又是无际无涯，“不知其所止”。如此壮阔场景，引起了太子的进一步兴趣。接下来，作者以疾雷喻涛声，以白鹭下翔、素车张盖、三军腾装、六驾蛟龙等多种形象比喻波涌云乱的场面，又以“鸟不及飞，鱼不及回，兽不及走”形容风高浪急的紧迫感，令人血脉喷张。此段文字既多铿锵有声之词，又不乏缤纷绚烂之语，纵横开阖，气势宏大。枚乘运用丰富的词汇和想象，以比喻、夸张、排比等写作手法，将广陵潮水的壮阔场面栩栩如生地展现在太子面前，足可使其澡雪精神、发蒙解惑。作为中国文学史上较早赋写海水潮涌的作品，此节文字具有导夫先路之功。

木　华

木华，生卒年不详，西晋文学家。字玄虚，广川（今河北景县）人。曾任太傅杨骏府主簿。其作品仅存《海赋》一篇，极写大海的广阔、壮丽与奇异，孤篇横绝，影响甚大。

海　　赋

昔在帝妫巨唐之代，天纲浡潏，为凋为瘵[1]。洪涛澜汗，万里无际。长波涾㴲，迆涎八裔[2]。于是乎禹也，乃铲临崖之阜陆，决陂潢而相沷。启龙门之岝嶺，垦陵峦而崭凿[3]。群山既略，百川潜渫[4]。泱漭澹泞，腾波赴势[5]。江河既导，万穴俱流。掎拔五岳，竭涸九州[6]。沥滴渗淫，荟蔚云雾[7]。涓流泱瀼，莫不来注[8]。于廓灵海，长为委输。

其为广也，其为怪也，宜其为大也。尔其为状也，则乃浟湙潋滟，浮天无岸[9]。沖瀜沆瀁，渺沵湠漫[10]。波如连山，乍合乍散。嘘噏百川，洗涤淮汉。襄陵广舄，漻濭浩汗[11]。若乃大明摭辔于金枢之穴，翔阳逸骇于扶桑之津[12]。影沙礐石，荡颾岛滨[13]。于是鼓怒，溢浪扬浮。更相触搏，飞沫起涛。状如天轮，胶戾而激转；又似地轴，挺拔而争迴。岑岭飞腾而反覆，五岳鼓舞而相磓[14]。渭濆沦而滀漯，郁沏迭而隆颓[15]。盘盓激而成窟，㴔沸潗而为魁[16]。潤泊柏而迆飏，磊匒匌而相豗[17]。惊浪雷奔，骇水迸集。开合解会，瀼瀼湿湿。葩华踧沑，𣽎泞潗潛[18]。

若乃霾曀潜销，莫振莫竦[19]。轻尘不飞，纤萝不动。犹尚呀呷，馀波独涌[20]。澎濞灪䃶，硠磊山垄[21]。尔其枝岐潭瀹，渤荡成汜[22]。乖蛮隔夷，回互万里。若乃偏荒速告，王命急宣。飞骏鼓楫，泛海凌山。于是候劲风，揭百尺。维长绡，挂帆席。望涛远决，冏然鸟逝。鹬如惊凫之失侣，倏如六龙之所掣[23]。一越三千，不终朝而济所届[24]。

若其负秽临深，虚誓愆祈，则有海童邀路，马衔当蹊[25]。天吴乍见而髣髴，蝄像暂晓而闪尸[26]。群妖遘迕，眇䁯冶夷[27]。决帆摧橦，戕风起恶。廓如灵变，惚怳幽暮。气似天霄，叆䨴云布[28]。䨜昱绝电，百色妖露[29]。呵嗽掩郁，矆睒无度[30]。飞涝相磢，激势相沏[31]。崩云屑雨，浤浤汩汩[32]。踬踔湛濼，沸溃渝溢[33]。濯泲濩渭，荡云沃日[34]。于是舟人渔子，徂南极东。或屑没于鼋鼍之穴，或挂罥于岑嶅之峰[35]。或掣掣泄泄于裸人之国，或泛泛悠悠于黑齿之邦[36]。或乃萍流而浮转，或因归风以自反。徒识观怪之多骇，乃不悟所历之近远。

尔其为大量也，则南澰朱崖，北洒天墟，东演析木，西薄青徐[37]。经途瀴溟，万万有馀[38]。吐云霓，含龙鱼。隐鲲鳞，潜灵居。岂徒积太颠之宝贝，与随侯之明珠[39]。将世之所收者常闻，所未名者若无。且希世之所闻，恶审其名？故可仿像其色，叆䨴其形。

尔其水府之内，极深之庭。则有崇岛巨鳌，峌岘孤亭[40]。擘洪波，指太清[41]。竭磐石，栖百灵。飏凯风而南逝，广莫至而北征[42]。其垠则有天琛水怪，鲛人之室[43]。瑕石诡晖，鳞甲异质。若乃云锦散文于沙汭之际，绫罗被光于螺蚌之节[44]。繁采扬华，万色隐鲜。阳冰不冶，阴火潜然。熺炭重燔，吹炯九泉[45]。朱燩绿烟，腰眇蝉蜎[46]。

鱼则横海之鲸，突扤孤游。戛岩嶅，偃高涛。茹鳞甲，吞龙舟。噏波则洪涟踧蹜，吹涝则百川倒流[47]。或乃蹭蹬穷波，陆死盐田。巨鳞插云，鬐鬣刺天[48]。颅骨成岳，流膏为渊。

若乃岩坻之隈，沙石之嵚[49]。毛翼产鷇，剖卵成禽[50]。凫雏离裭，鹤子淋渗[51]。群飞侣浴，戏广浮深。翔雾连轩，洩洩淫淫。翻动成雷，扰翰为林[52]。更相叫啸，诡色殊音。

若乃三光既清，天地融朗。不泛阳侯，乘蹻绝往[53]。觌安期于蓬莱，见乔山之帝像[54]。群仙缥眇，餐玉清涯。履阜乡之留舄，被羽翮之襂纚[55]。翔天沼，戏穷溟[56]。甄有形于无欲，永悠悠以长生。

且其为器也，包乾之奥，括坤之区[57]。惟神是宅，亦祇是庐[58]。何奇不有？何怪不储？芒芒积流，含形内虚。旷哉坎德，卑以自居[59]。弘往纳来，以宗以都。品物类生，何有何无！

【注释】

[1] 帝妫(guī)：舜，妫姓。巨唐：陶唐，指尧。浡(bó)潏(yù)：水奔涌沸腾貌。瘵(zhài)：病，引申为凋敝。

[2] 潜(tà)沲(tuó)：水波堆叠，相互撞击。池(yǐ)涎(yán)：连绵曲折。池，同“迤”。八裔：八方。

[3] 岝(zuò)峉(é)：山势高峻貌。崭凿：开凿。

[4] 略：经略，治理。潜渫(xiè)：深浚。

[5] 泱(yāng)漭(mǎng)：水势浩瀚貌。澹(dàn)泞(nìng)：水色澄深貌。

[6] 掎(jǐ)拔：挺拔。竭涸：干涸，指水从九州退去，水患得以消除。

[7] 沥滴渗淫：指水慢慢下流。荟蔚：云雾弥漫。

[8] 泱瀼(ráng)：水流动貌。

[9] 浟(yóu)湙(yì)：水流动貌。潋(liàn)滟(yàn)：水波荡漾貌。

[10] 浺(chōng)瀜(róng)：水深广貌。沆(hàng)瀁(yǎng)：水波荡漾貌。渀(tàn)漫：水广远貌。

[11] 襄陵：大水漫过丘陵。襄，冲上，漫上。广舄(xì)：广大的陆地。漻(jiāo)澫(gé)：水深广貌。

[12] 大明：指月亮。摽(piǎo)辔(pèi)：勒住缰绳。金枢之穴：月中无人之处。翔阳：太阳。逸骇：指太阳迅疾升起。扶桑：神话传说中的日出之地。

[13] 彯(piāo)：同“飘”。礐(què)石：指海浪拍打石头。飀(yù)：风疾吹。

［14］ 磓(duī)：撞击。

［15］ 沕(wèi)：繁乱貌。濆(pēn)沦：水起伏急疾貌。滀(chù)漯(luò)：水集聚貌。沕迭：水疾涌貌。隆颓：高低起伏貌。

［16］ 盘(pán)盓(yū)：水旋流。渞(qiào)沸(tán)：巨浪。滐(jié)：指波浪突然涌起。

［17］ 㵄(shǎn)：水疾流。泊柏：小波浪。迆飏：斜起貌。沓(dá)沓(gé)：重叠貌。磓(huī)：撞击。

［18］ 葩华：指水花。踧(cù)沑(nǜ)：波纹集聚。濎(dǐng)泞(níng)：水沸腾貌。濈(jí)湆(nì)：水沸腾声。

［19］ 霾曀(yì)：天空多云晦暗貌。竦(sǒng)：动。

［20］ 呀(yā)呷(xiā)：吞吐开合貌。

［21］ 澎(péng)濞(bì)：水声。灪(yù)磙(huán)：波浪高峻貌。硊(wěi)磊(lěi)：高低不平貌。

［22］ 潭瀹(yuè)：水摇动貌。汜(sì)：水沟。

［23］ 鹬(yù)：鸟疾飞。凫：野鸭。掣：驾驭，操纵。

［24］ 终朝：一整天。济：到达。所届：目的地。

［25］ 负秽：负罪。海童、马衔：皆海怪名。蹊(xī)：路。

［26］ 天吴：水神名，人面虎身。髣髴：同"仿佛"。蝄(wǎng)像：水怪名。闪尸：闪现。

［27］ 遘(gòu)迕(wǔ)：作乱。眇(miǎo)瞩(yǎo)：远望。冶夷：妩媚貌。

［28］ 靉(ài)霼(fèi)：云气昏暗貌。

［29］ 翛(shū)昱(yù)：迅疾貌。百色：多种多样。

［30］ 呵嗽(xù)：不清晰。矆(huò)睒(shǎn)：闪烁。

［31］ 飞涝：滚动的波浪。磢(chuǎng)：摩擦。

［32］ 浤(hóng)浤汩(gǔ)汩：波浪翻滚貌。

［33］ 踸(chèn)踔(chuō)：跛脚跳跃行走。湛(zhàn)瀹(yào)：波涛进退不定貌。

［34］ 濩(huó)浍(huì)濩(huò)渭(wèi)：形容波浪之声响巨大。沃：浇灌。

［35］ 屑没：破碎沉没。挂罥(juàn)：悬挂。岑嶅(áo)：海中岛礁。

［36］ 掣掣泄泄：随风飘荡貌。裸人之国、黑齿之邦：皆古代神话中的

海外奇异国度。

[37] 湅(liàn)：浸渍。朱崖：最南之地。天墟：最北之地。演：推衍。析木：古代幽燕之地。薄(bó)：迫近。青徐：青州和徐州。

[38] 瀴(yīng)溟(míng)：水辽远貌。

[39] 太颠：周文王时贤臣，为救被囚的文王，曾以水中大贝等宝物进献纣王。随侯：春秋时随国国君，传说他曾拯救受伤的大蛇，蛇后衔明珠回报。

[40] 峌(dié)峴(niè)：高大貌。

[41] 擘(bāi)：同“掰”。太清：天空。

[42] 凯风：和暖的风，指南风。广莫：北风。

[43] 天琛(chēn)：天然宝石。鲛人：神话传说中的人鱼。

[44] 沙汭(ruì)：水边沙滩。

[45] 熺(xī)：炽热。燔(fán)：燃烧。吹炯(jiǒng)：阳光照耀。九泉：此处指海。

[46] 爓(yàn)：同“焰”。瞟(yǎo)眇(miǎo)：远视貌。蝉蜎：同“婵娟”，漂亮。

[47] 噏(xī)：吸入。洪涟：巨浪。踧(cù)蹜(sù)：水聚不流貌。吹涝：吐水。

[48] 鬐(qí)鬣(liè)：鱼、龙的脊鳍。

[49] 岩坻(dǐ)：崖岸。隈(wēi)：山水弯曲处。嶔(qīn)：小而高的山。

[50] 鷇(kòu)：雏鸟。

[51] 离褷(shī)：与“淋渗”皆指羽毛初生貌。

[52] 扰翰：振动羽毛。

[53] 阳侯：古代传说中的波涛之神。乘蹻(qiāo)：抬起脚跟。

[54] 觌(dí)：相见。安期：仙人名，即安期生。乔山：桥山，传说为黄帝埋葬之地。

[55] 舄(xì)：鞋子。传说秦始皇曾见安期生，赐其金璧，安期生不受，置之阜乡亭而去，留书及赤玉舄一双作为回报。襂(shān)纚(lí)：羽毛下垂貌。

[56] 天沼：天池。穷溟：大海。

[57] 乾：代指天。坤：代指地。

[58] 祇：地神。

[59] 坎：代指水。坎德，指水就下之性，喻谦卑的美德。

【评析】

此赋全方位、多角度地描写了大海的浩瀚气势、丰富物产及神怪精灵，眩人心目。作者从大禹导浚河流、百川注海写起，继而铺写“惊浪雷奔，骇水迸集”的场面，又以想象的笔触刻画海里的神怪，描写广大无边的海面上飞鸟、巨龟、鲸鱼等场景，内容十分繁密。最后则写风平浪静、天地融朗之景，寄寓养生修德的哲理。赋中描写阔大之景，时有佳句，如描写大海在强劲海风吹拂下的变化情态：“若乃大明摭辔于金枢之穴，翔阳逸骇于扶桑之津。彯沙礐石，荡颾岛滨。于是鼓怒，溢浪扬浮。更相触搏，飞沫起涛。状如天轮，胶戾而激转；又似地轴，挺拔而争迴。岑岭飞腾而反覆，五岳鼓舞而相磓。渭濆沦而滀漯，郁沏迭而隆颓。盘盓激而成窟，㴔㴑滐而为魁。润泊栢而迤飏，磊匒匌而相豗。惊浪雷奔，骇水迸集。开合解会，瀼瀼湿湿。葩华踧沑，澒泞潗涾。”一连串的想象、比喻和夸张，绘影传神，细致而生动。相对于汉大赋罗列排比的体物手法，有过之而无不及。赋的末尾指出大海广纳众流、虚心受物，具有卑下自居的“坎德”，引导读者体味海洋所显现的大道精神，提醒人们要认识到自然的博大和人类的渺小，使作品获得了思想的升华。总之，作者所展示的海之广、之大、之怪，汇集了古代文献对于海的想象，也代表了当时人们对于海洋的感性认知：海洋是神灵生息和主宰的奇诡世界，也是人类征服自然的实践客体，同时还是人类反躬自省的参照。在历代海赋中，木华此篇最负盛名。李善《文选注》引傅亮《文章志》赞曰：“广川木玄虚为《海赋》，文甚俊丽，足继前良。”可见其在古代海洋书写中承前启后的意义。

曹 丕

曹丕(187—226),即魏文帝,公元220—226年在位。字子桓,沛国谯(今安徽亳州)人,曹操次子。操死,袭封魏王。行九品中正制,确立和巩固士族门阀的政治特权,获得世家大族支持。旋代汉称帝,国号魏,定都洛阳,建元黄初。曹丕诗、赋、文皆有成就,与其父曹操和其弟曹植并称“三曹”。著有《典论》,其中的《论文》一篇在中国文学批评史上影响巨大。有《魏文帝集》,已佚,今存辑本。

沧 海 赋

美百川之独宗,壮沧海之威神。经扶桑而遐逝[1],跨天涯而托身。惊涛暴骇,腾聊澎湃[2]。铿訇隐潾,涌沸凌迈[3]。于是鼋鼍渐离,泛滥淫游[4];鸿鸾孔鹄,哀鸣相求[5]。扬鳞濯翼,载沉载浮;仰唼芳芝,俯漱清流[7]。巨鱼横奔,厥势吞舟。尔乃钓大贝,采明珠,搴悬黎,收武夫[8]。窥大麓之潜林,睹摇木之罗生[9]。上蹇产以交错,下来风之泠泠[10]。振绿叶以葳蕤,吐芬葩而扬荣[11]。

【注释】

[1] 扶桑:神话中的树名,传说太阳由此升起。遐逝:远去。

[2] 腾聊：惊涛骇浪，相互冲击。

[3] 铿（kēng）訇（hōng）：形容声音洪亮。隐潾：波浪突起貌。潾，通“嶙”。凌迈：超越。

[4] 鼋（yuán）鼍（tuó）：传说中水里的神物，即巨鳖和猪婆龙（扬子鳄）。泛滥：飘荡。淫游：漫游。

[5] 鸿鸾孔鹄：鸿、孔，均有大的意思。鸾指凤凰，鹄指天鹅。

[7] 唼（shà）：吞食。漱：冲洗。

[8] 搴：拔取。悬黎：玉石。武夫：同“碔砆”，亦指玉石。

[9] 大麓：山脚。潜林：幽深茂密的树林。罗生：交错而生。

[10] 蹇产：曲折缠绕貌。泠（líng）泠：形容凄清、清冷。

[11] 葳（wēi）蕤（ruí）：草木茂盛、枝叶下垂貌。荣：草木之花。

【评析】

曹丕的《沧海赋》载《艺文类聚》卷八，从内容上看，当为残篇，不是完整的文本。曹操于建安十二年（207）北征乌桓时曾创作《步出夏门行·观沧海》一诗，并有《沧海赋》一篇吟咏渤海，曹丕此赋可能即是针对其父之赋的和作。因此，此篇题中所谓的“沧海”，当为渤海。此赋上半部分从“美百川之独宗，壮沧海之威神”到“巨鱼横奔，厥势吞舟”，竭力铺写百川汇海的雄浑气势，以及各类鱼鸟与海浪浮沉的画面，动感十足。后半部分则以绿叶红葩的静景描写为主，展现了风平浪静之后的海上美景，与上半部分形成鲜明对比。全赋动静结合，雄浑与秀美统一，虽篇幅不长，但把海的面貌多角度地展现出来，令人目不暇接。

笔记小说

东方朔

东方朔(前154—前93),西汉文学家。字曼倩,平原厌次(今山东德州)人。武帝时,为太中大夫。性诙谐滑稽,曾以辞赋谏武帝,又陈农战强国之策,然武帝仅以俳优视之,终不为用。有《答客难》《非有先生论》等辞赋名篇。

神　异　经(节选)

《神异经》,志怪小说集,一卷。旧题汉东方朔撰,实为伪托。但东汉服虔注《左传》已有征引,可证此书虽未必是东方朔所撰,但作者当是汉人。有晋张华注本,后佚。今本乃辑录唐宋类书所引逸文而成。全书模仿《山海经》体例,但略于山川道里而详于记叙神怪异物,内容奇特荒诞。

东海之外荒海中,有山焦炎而峙,高深莫测,盖禀至阳之为质也。海中激浪投其上,噏然而尽[1]。计其昼夜,噏摄无极,若熬鼎受其洒汁耳[2]。

东海沧浪之洲，生强木焉，洲人多用作舟楫。其上多以珠玉为戏物，终无所负。其木方一寸，可载百许斤。纵石镇之不能没[3]。

西海水上有人，乘白马朱鬣[4]，白衣玄冠，从十二童子，驰马西海水上，如飞如风，名曰河伯使者。或时上岸，马迹所及，水至其处。所之之国，雨水滂沱，暮则还河。

西海之外有鹄国焉，男女皆长七寸。为人自然有礼，好经纶拜跪。其人皆寿三百岁。其行如飞，日行千里。百物不敢犯之，唯畏海鹄，过辄吞之，亦寿三百岁。此人在鹄腹中不死，而鹄一举千里。

西北海外有人，长二千里，两脚中间相去千里，腹围一千六百里。但日饮天酒五斗[5]，不食五谷鱼肉，唯饮天酒。忽有饥时，向天仍饮。好游山海间，不犯百姓，不干万物，与天地同生，名曰无路之人，一名仁，一名信，一名神。

北海有大鸟，其高千尺，头文曰天[6]，胸文曰侯。左翼文曰鹥，右翼文曰勒。头向东正海中央捕鱼。或时举翼而飞，其羽相切如风雷也。

【注释】

[1] 晞(xī)：同“晞”，干燥。

[2] 洒汁：流出的汤汁。

[3] 镇：压。

[4] 鬣(liè)：动物颈部的长毛。

[5] 天酒：指甘露。

[6] 文：通“纹”，花纹图案。

【评析】

此处所选几段文字分别出自《神异经》中的《东荒经》《西荒经》《西北荒

经》《北荒经》，记述了东海、西海和北海之外的神异国度，其特点是“奇”。比如，东海中的火焰山，炎热异常，海水遇之则瞬间蒸发殆尽；沧浪之洲的强木，浮力巨大，一寸之木即可载重百斤，石压亦不沉没，是当地人制造舟楫的良选。又如，西海之鹄国，其国民年寿可达三百岁，海鹄吞之亦能三百岁不死；西北海外之人，身材巨大，身高达二千里，两脚相去千里，腹围竟达一千六百里。再如北海的大鸟，不仅如《庄子》中鲲鹏一般庞大，而且身体和翅膀上皆有如同文字般的花纹。总之，与《山海经》对海外世界的描写类似，《神异经》中记述的这些海外神奇国度及其物产，皆荒诞不经、诡谲怪异，但很有想象力，颇能启人兴致。

海内十洲记（节选）

《海内十洲记》，又称《十洲记》，旧题东方朔撰，大抵亦出于后人假托。据书中记载，汉武帝听西王母说八方巨海中有祖洲、瀛洲、玄洲、炎洲、长洲、元洲、流洲、生洲、凤麟洲、聚窟洲等十洲，便召见东方朔问十洲异物，东方朔一一作答，又兼及沧海岛、方丈洲、扶桑、蓬莱山、昆仑山等地。此书仿《山海经》和《神异经》，属地理博物类著作，重在记仙家故事。此书次序井然，文字缛丽，向被视为道家之小说。

祖洲近在东海之中，地方五百里，去西岸七万里。上有不死之草，草形如菰苗[1]，长三四尺，人已死三日者，以草覆之，皆当时活也，服之令人长生。昔秦始皇大苑中，多枉死者横道，有鸟如乌状，衔此草覆死人面，当时起坐而自活也。有司闻奏，始皇遣使者赍草以问北郭鬼谷先生[2]。鬼谷先生云：“此草是东海祖洲上，有不死之草，生琼田中，或名为养神芝。其叶似菰苗，丛生，一株可活一人。”始皇于是慨然言曰：“可采得否？”乃使使者徐福发童男童女五百人，率摄楼船等入海寻祖洲[3]，遂不返。福，道士也，字君房，后亦得道也。

瀛洲在东海中，地方四千里，大抵是对会稽[4]，去西岸七十万里。

上生神芝仙草。又有玉石，高且千丈。出泉如酒，味甘，名之为玉醴泉，饮之，数升辄醉，令人长生。洲上多仙家，风俗似吴人，山川如中国也。

炎洲在南海中，地方二千里，去北岸九万里。上有风生兽，似豹，青色，大如狸[5]。张网取之，积薪数车以烧之，薪尽而兽不然[6]，灰中而立，毛亦不焦。斫刺不入，打之如灰囊。以铁锤锻其头[7]，数十下乃死。而张口向风，须臾复活；以石上菖蒲塞其鼻，即死。取其脑和菊花服之，尽十斤，得寿五百年。又有火林山，山中有火光兽，大如鼠，毛长三四寸，或赤，或白，山可三百里许，晦夜即见此山林[8]，乃是此兽光照，状如火光相似。取其兽毛，以缉为布[9]，时人号为火浣布，此是也。国人衣服垢污，以灰汁浣之，终无洁净。唯火烧此衣服，两盘饭间[10]，振摆，其垢自落，洁白如雪。亦多仙家。

长洲一名青丘，在南海辰巳之地[11]。地方各五千里，去岸二十五万里。上饶山川及多大树，树乃有二千围者。一洲之上，专是林木，故一名青丘。又有仙草灵药，甘液玉英，靡所不有[12]。又有风山，山恒震声。有紫府宫，天真仙女游于此地。

凤麟洲在西海之中央，地方一千五百里。洲四面有弱水绕之，鸿毛不浮，不可越也。洲上多凤麟[13]，数万各为群。又有山川池泽，及神药百种，亦多仙家。煮凤喙及麟角[14]，合煎作膏，名之为续弦胶，或名连金泥。此胶能续弓弩已断之弦、刀剑断折之金，更以胶连续之，使力士掣之[15]，他处乃断，所续之际终无断也。

聚窟洲在西海中，申未之地[16]。地方三千里，北接昆仑二十六万里，去东岸二十四万里。上多真仙灵官，宫第比门[17]，不可胜数。及有狮子辟邪，凿齿天鹿，长牙铜头，铁额之兽。洲上有大山，形似人鸟之象，因名之为神鸟山。山多大树，与枫木相类，而花叶香闻数百里，名为反魂树。扣其树，亦能自作声，声如群牛吼，闻之者，皆心震神骇。伐其木根心，于玉釜中煮，取汁，更微火煎，如黑饧状[18]，令可丸之。名曰惊精香，或名之为震灵丸，或名之为反生香，或名之为震檀香，或名之为人鸟精，或名之为却死香。一种六名，斯灵物也。香气闻数百里，死者在地，闻香气乃却活，不复亡也。以香薰死人，更加神验。

沧海岛在北海中，地方三千里，去岸二十一万里。海四面绕岛，各广五千里。水皆苍色，仙人谓之沧海也。岛上俱是大山，积石至多。石象八石，石脑石桂，英流丹黄子石胆之辈百馀种，皆生于岛。石服之神仙长生。岛中有紫石宫室，九老仙都所治，仙官数万人居焉。

方丈洲在东海中心，西南东北岸正等，方丈方面各五千里。上专是群龙所聚，有金玉琉璃之宫，三天司命所治之处。群仙不欲升天者，皆往来此洲，受太玄生箓[19]，仙家数十万。耕田种芝草，课计顷亩[20]，如种稻状。亦有玉石泉，上有九源丈人宫主，领天下水神，及龙蛇巨鲸阴精水兽之辈。

扶桑在东海之东岸，岸直，陆行登岸一万里，东复有碧海。海广狭浩污，与东海等。水既不咸苦，正作碧色，甘香味美。扶桑在碧海之中，地方万里。上有太帝宫，太真东王父所治处。地多林木，叶皆如桑。又有椹树，长者数千丈，大二千馀围，树两两同根偶生，更相依倚，是以名为扶桑仙人。食其椹而一体皆作金光色[21]，飞翔空玄。其树虽大，其叶椹故如中夏之桑也[22]。但椹稀而色赤，九千岁一生实耳，味绝甘香美。地生紫金丸玉，如中夏之瓦石状。真仙灵官，变化万端，盖无常形，亦有能分形为百身十丈者也。

【注释】

[1] 菰(gū):多年生草本植物,多生在浅水中,其嫩茎称“茭白”,可作蔬菜;其果实称“菰米”或“雕胡米”,可煮食。

[2] 赍(jī):带着。鬼谷先生:姓名传说不一,一说王诩,相传战国时楚人,因隐居云梦山鬼谷,故称鬼谷先生。其人精通天地自然之道,谋略超人,被后世尊为“谋圣”。

[3] 率摄:率领。

[4] 会稽:山名,在今浙江绍兴。

[5] 狸(lí):犬科动物,俗称“狸子”。

[6] 然:通“燃”。

[7] 鍜(xiá):原为保护颈部的铠甲,此处意为掐头。

[8] 晦夜:黑夜。

[9] 缉(qī):一种缝纫方法,一针对一针地缝。

[10] 两盘饭间:吃两盘饭的时间。

[11] 辰巳之地:指东南方向。

[12] 靡所不有:无所不有。

[13] 凤麟:凤凰和麒麟。

[14] 喙(huì):鸟类的嘴巴。

[15] 掣(chè):拉扯。

[16] 申未之地:指西南方向。

[17] 比门:门挨着门。

[18] 饧(xíng):糖稀。

[19] 箓(lù):道教用以记录天官功曹、十方神仙名属等内容的牒文。

[20] 课计:计算。

[21] 一体:浑身。

[22] 中夏:指中国。

【评析】

对于各洲各地,作者详细记载了它们所处的方位、距离中国的远近、地理环境和物产风貌等,在形式上显然是在模仿《山海经》,但就具体的描写而言,则较《山海经》更为详细。与《山海经》更为不同的是,《山海经》中所描写的很多国度令人恐怖，其中遍布怪异的鸟兽虫鱼，而《十洲记》中所虚构的则是多芝草、金玉、香料、神兽、醴泉和神仙的美好国度，是人类难以到达的理想世界。这种虚幻的理想世界当然是不存在的，但作者细致的铺排描写，颇让人信以为真。我们读这些文字，很容易被这些异域景象所吸引，也便能理解秦始皇、汉武帝等帝王访药求仙之类荒诞行为了。

张　华

张华(232—300),西晋大臣、文学家。字茂先,范阳方城(今河北固安)人。晋初任中书令,加散骑常侍,力劝武帝定灭吴之计。统一后出为持节都督幽州诸军事。惠帝时,历任侍中、中书监、司空,封壮武郡公。后被赵王司马伦和孙秀所杀。张华工于诗赋,被钟嵘《诗品》评为"儿女情长,风云气少",间有感慨忧时之作。原有集,已散佚,后人辑有《张茂先集》。张华以博洽著称,其所撰的《博物志》,多取材于古书,分类记载异境奇物及古代琐闻杂事,也宣扬神仙方术。原书已佚,今本由后人搜辑而成。此处从《博物志》中选取一则。

八　月　槎

旧说云:天河与海通,近世有人居海渚者[1],年年八月有浮槎来[2],甚大,往反不失期。人有奇志,立飞阁于查上,多赍粮[3],乘槎而去。十馀日中,犹观星月日辰,自后茫茫忽忽,亦不觉昼夜。去十馀日,奄至一处[4],有城郭状,屋舍甚严。遥望宫中多织妇,见一丈夫牵牛,渚次饮之[5]。牵牛人乃惊问曰:"何由此至?"此人具说来意,并问此是何处,答曰:"君还至蜀郡,访严君平,则知之。"[6]竟不上岸,因还如期。后至蜀,问君平,曰:"某年月日,有客星犯牵牛宿"。计年月,正是此人到天河时也。

【注释】

[1] 海渚：海中岛屿。

[2] 槎(chá)：木筏。

[3] 查：通“槎”。赍(jī)粮：携带粮食。

[4] 奄：忽然，突然。

[5] 丈夫：男子。渚次：水边。

[6] 严君平：名遵，西汉时蜀人，精通阴阳数理和老庄哲学，曾卖卜于成都市。

【评析】

该故事以海洋为背景，认为通过海洋可入天，想象可谓奇特。故事篇幅短小，但是叙事巧妙，人物形象生动有趣。这是目前所见有关牛郎织女神话故事的最原始资料，后来各种牛郎织女故事都从这里发源而来，具有很高的民俗学价值。同时，该故事也成为一个影响甚大的文学典故，后人的许多诗文都有涉及。如宋之问《明河篇》云：“明河可望不可亲，愿得乘槎一问津。更将织女支机石，还访成都卖卜人。”即以诗歌铺排“八月槎”的故事。另外，如杜甫《秋兴八首》其二云：“听猿实下三声泪，奉使虚随八月槎。”王安石《狼山观海》云：“阆苑仙人何处觅？灵槎使者几时回？”龚自珍《己亥杂诗》云：“少年奇气称才华，登岱还浮八月槎。”该故事成为诗歌中的重要意象，用以表达人生无常之感慨，其内涵进一步拓展。

王　嘉

王嘉，生卒年不详，十六国时前秦方士。字子年，陇西安阳（今甘肃渭源）人。初隐东阳谷，后居终南山，弟子追随者数百人。苻坚累征不起，后被后秦姚苌所杀。《拾遗记》，又名《王子年拾遗记》，王嘉撰，南朝梁萧绮《序》称此书“凡十九卷，二百二十篇，皆为残缺”。今本十卷实为萧绮在原书基础上补写而成。前九卷记自上古庖牺氏、神农氏以迄东晋各代异闻，末一卷记昆仑、蓬莱等仙山事物。是书多涉神仙方术之事，文字绮丽，描写细腻，想象力丰富。此处从《拾遗记》中选取两则。

贯　月　查

尧登位三十年，有巨查浮于西海[1]，查上有光，夜明昼灭。海人望其光，乍大乍小，若星月之出入矣。查常浮绕四海，十二年一周天，周而复始，名曰贯月查，亦谓挂星查，羽人栖息其上。群仙含露以漱，日月之光则如暝矣[2]。虞、夏之季[3]，不复记其出没。游海之人，犹传其神伟也。

【注释】

[1] 查:通“槎”,木筏。

[2] 暝:昏暗。

[3] 虞:指舜。夏:指禹。

【评析】

与“八月槎”的故事类似,这里的“贯月查”也十分神奇科幻。贯月查夜明昼灭,而且其光忽大忽小,绕四海一周要十二年的时间,并且周而复始,永不停止,其上甚至还有所谓的“羽人”生活。这就与当今的不明飞行物(UFO)非常类似了。现代作家邓拓在1961年所写的一篇《宇宙航行的最古传说》的文章中认为,《拾遗记》里所写的“贯月查”故事,可能是中国古代最早的关于宇宙航行的传说。海洋地区在古人眼中所具有的神奇色彩,由此可见一斑。

宛 渠 国

始皇好神仙之事,有宛渠之民,乘螺舟而至。舟形似螺,沉行海底,而水不浸入,一名“沦波舟”。其国人长十丈,编鸟兽之毛以蔽形。始皇与之语,及天地初开之时,了如亲睹。曰:“臣少时蹑虚却行[1],日游万里。及其老朽也,坐见天地之外事。臣国在咸池日没之所九万里[2],以万岁为一日。俗多阴雾,遇其晴日,则天豁然云裂,耿若江汉。则有玄龙黑凤,翻翔而下。及夜,燃石以继日光。此石出燃山,其土石皆自光澈,扣之则碎,状如粟,一粒辉映一堂。昔炎帝始变生食,用此火也。国人今献此石。或有投其石于溪涧中,则沸沫流于数十里,名其水为焦渊。臣国去轩辕之丘十万里[3],少典之子采首山之铜[4],铸为大鼎。臣先望其国有金火气动,奔而往视之,三鼎已成。又见冀州有异气,应有圣人生,果有庆都生尧[5]。又见赤云入于酆镐[6],走而往视,果有丹雀瑞昌之符。”始皇曰:“此神人也。”弥信仙术焉。

【注释】

[1] 蹑虚却行：乘云而行。

[2] 咸池：古代中国神话中的日浴之处。

[3] 轩辕之丘：黄帝出生及建都之处，相传在今天的河南新郑。

[4] 少典：传说中上古帝王，伏羲与女娲之子，黄帝之父。

[5] 庆都：传说是帝尧之母。

[6] 酆镐：酆与镐，同为西周国都，在今天的西安。

【评析】

秦始皇笃信神仙方术，至死不渝，其动力来源于何处？此则故事虽然是秦始皇之后的人所记，而且荒诞不经，但却可以由此揣知秦始皇求仙的心理。据宛渠之民的讲述，宛渠国是一个离中国很远的古老而神奇的国度，自天地初开时即存在。所以，他们能了解远古时期的很多事情。而且这个国家的人身长十丈，燃石为灯，迥异于一般人的认知。他们的出行方式也非常奇特，在空中可以乘云而行，在海中则驾驶所谓的螺舟——这里的螺舟可以沉行海底，而水却不能浸入，颇类当今的潜艇。神话传说虽然是人创造的，但反过来又会塑造人们对世界的认知。宛渠之民的讲述让秦始皇更加确信，世界上一定存在很多迥异于现实世界的国度，一定有所谓的神仙存在。也许，这就是他笃信神仙方术的心理动因。

隋唐宋金时期

诗　词

杨　广

杨广(569—618),即隋炀帝,公元604—618年在位。隋文帝杨坚次子。初封晋王,开皇二十年(600)以阴谋获宠,代兄勇为太子,仁寿四年(604)杀父即位。在位期间,完善三省六部制,省并州县,兴办学校,确立科举取士制。又营建东都洛阳,开凿运河,三征高丽,四出巡游,穷奢极欲,大业十四年(618)于江都被禁军将领宇文化及等缢杀。炀帝雅好文艺,在文学史上有较大影响。原有集,已散佚,后人辑有《隋炀帝集》。

季秋观海

孟轲叙游圣[1],枚乘说愈疾[2]。逖听乃前闻[3],临深验兹日。浮天迥无岸[4],含灵固非一[5]。委输百谷归[6],朝宗万川溢[7]。分城碧雾晴[8],连洲彩云密[9]。欣同夫子观[10],深愧玄虚笔[11]。

【注释】

[1] 孟轲：孟子，名轲。叙游圣：《孟子·尽心上》云："孔子登东山而小鲁，登泰山而小天下。故观于海者难为水，游于圣人之门者难为言。"

[2] 枚乘：西汉辞赋家。说愈疾：枚乘赋作《七发》假设楚太子有病，吴客前去探望，为其说音乐、游猎、观涛等事，使太子病愈。

[3] 逖(tì)：远。前闻：之前听说的。

[4] 迥：高远。

[5] 灵：指海水中的动物。非一：很多。

[6] 委输：指潮水汇聚。

[7] 朝宗：古代诸侯春、夏朝见天子为朝宗，此处比喻众水流入大海。

[8] 分城：分开城市。

[9] 连洲：指彩云将海中的洲岛连成一片。

[10] 夫子：指孔子。

[11] 玄虚：神奇。

【评析】

隋炀帝虽然在中国政治史上以暴君的形象为人所熟知，但在文学史上却是一个颇具才华的诗人。炀帝目前存诗四十余首，《春江花月夜》《野望》等作品都是大家耳熟能详的名篇。这首《季秋观海》虽然不是名篇，但也较有特色。炀帝即位前曾做过九年的扬州大都督，而此诗似写其初次广陵观海，或即作于其任职淮扬期间。诗歌前四句以孔子和枚乘《七发》的典故引起亲临观海的话题，中三联集中描写海涛壮阔的气势和海上云雾缭绕的景象，尾联则表达自己观海的欣喜与感叹之情。全诗用语雄浑，境界阔大，与其《春江花月夜》等写景名篇相比，具有异曲同工之妙。

望　海

碧海虽欣瞩[1]，金台空有闻[2]。远水翻如岸，遥山倒似云[3]。断涛还共合，连浪或时分。驯鸥旧可狎[4]，卉木足为群[5]。方知小姑射[6]，谁复语临汾[7]。

【注释】

[1] 瞩：观看。

[2] 金台：指传说中海里的仙山和楼阁。

[3] 倒：倾倒，指远处的山峰像黑云一样给人压迫感。

[4] 驯鸥：《列子·黄帝》载，“海上之人有好沤鸟者，每旦之海上，从沤鸟游，沤鸟之至者百住而不止。其父曰：‘吾闻沤鸟皆从汝游，汝取来，吾玩之。’明日之海上，沤鸟舞而不下也。”（沤，同“鸥”）狎：玩弄。

[5] 卉木：草木。

[6] 小：以……为小。姑射（yè）：神话中的山名。《庄子·逍遥游》载：“藐姑射之山，有神人居焉，肌肤若冰雪，绰约若处子。”

[7] 临汾：《庄子·逍遥游》记，“尧治天下之民，平海内之政，往见四子藐姑射之山，汾水之阳，窅然丧其天下焉。”

【评析】

此诗写望海的感触，有虞世基的应制之作，当作于炀帝即位之后。首联点题，表达观海时对海上仙山的向往之情。中两联，一写远望，一写近观，将海涛和山势写得如在目前，有曹操《观沧海》的气魄。后四句由望海生发想象和感慨，借尧“往见四子藐姑射之山，汾水之阳，窅然丧其天下焉”的典故，表达自己对神仙世界的向往。炀帝即位以后，好大喜功，骄奢淫逸，和古代很多帝王一样追求神仙之事，此诗即是这种思想的明证。

李世民

李世民(599—649),即唐太宗,公元626—649年在位。唐高祖李渊次子。隋大业十三年(617)随父于晋阳(今山西太原)起兵,次年李渊称帝,封为秦王,任尚书令。武德九年(626)发动玄武门之变,得为太子,旋逼父退位而称帝。在位期间,社会安定,国力强盛,万国来朝,史称"贞观之治"。唐太宗不仅是政治家、军事家,还是一位书法家和诗人。目前存诗百余首,文二十余篇,对有唐一代文学之繁荣实有振起之功。原有《太宗文皇帝集》三十卷,已散佚,后人辑有《唐太宗文皇帝集》。

春日望海

披襟眺沧海,凭轼玩春芳[1]。积流横地纪[2],疏派引天潢[3]。仙气凝三岭[4],和风扇八荒。拂潮云布色,穿浪日舒光。照岸花分彩,迷云雁断行。怀卑运深广[5],持满守灵长[6]。有形非易测,无源讵可量[7]?洪涛经变野,翠岛屡成桑。之罘思汉帝[8],碣石想秦皇[9]。霓裳非本意[10],端拱且图王[11]。

【注释】

[1] 凭轼:扶着车轼。轼为车厢前的扶手横木,扶轼表示倾听或注视。

［2］ 地纪：地维，传说中维系大地的支柱。

［3］ 天潢：天河。

［4］ 三岭：传说中的蓬莱、方丈、瀛洲三神山。

［5］ 怀卑：指水就下之性。

［6］ 持满：指海水永不干涸枯竭。

［7］ 讵：表示反问，相当于"岂"。

［8］ 之罘(fú)：山名，在今山东烟台，其地临海。汉帝：汉武帝，太始三年(前94)曾登之罘观海。

［9］ 碣石：山名，在今河北昌黎，其地近海。秦皇：秦始皇，始皇三十二年(前215)曾至碣石观海，留有刻石。

［10］ 霓裳：神仙以云霓为衣裳。此处代指神仙和仙境。

［11］ 端拱：谓帝王敛手无为而治。图王：图谋帝王之业。

【评析】

贞观十九年(645)，唐太宗率军亲征辽东，这首《春日望海》即写于征辽的途中。此诗在气魄上可和曹操的《观沧海》相媲美，而在抒发情志的深广度和艺术描写的细腻度上则更进一步。首二句写春日望海时的畅快心情。"积流"二句极写海水的广大。"仙气"二句亦虚亦实，描写海中仙山的神秘。"拂潮"二句，化用木华《海赋》中"气似天霄，叆靅云布""濯泲濩渭，荡云沃日"等语，写大海的变幻莫测。"照岸"二句，写岸边平静的海水和天空候雁飞翔的阵列，与上二句波澜激荡的动态形成对比，构成另一个平静阔远的境界。从"怀卑"二句开始，作者结束景物描写，转而抒发自己的感受，谓海地势低下，所以能广纳江河之水，永不枯竭。"有形"二句说海水虽有形而无源，其深广无法测量。"洪涛"二句，以沧海桑田之典故比喻世事的变化，引起下文秦皇、汉武的史事。"之罘"二句则直接写秦始皇和汉武帝。结二句点明作诗主旨，表达了对秦皇、汉武的批评。因为秦皇、汉武都惑于方士之说，陷于求仙长生的虚妄，所以才有东巡至海的举动。而太宗自己并无求仙愿望，来到海边的目的在于平定天下、成就王业，与秦皇、汉武是迥然不同的。这首五言十韵的古诗，虽然在海景的描写中穿插了不少典故，但能寓情于景，太宗作为开国帝王的心胸和气概，也在诗中得到很好的体现。

孟浩然

孟浩然(689—740),唐代诗人。以字行,襄州襄阳(今属湖北)人。早年隐居鹿门山。年四十,游长安,应进士不第。后为荆州从事,患疽卒。曾游历东南各地。诗与王维齐名,并称“王孟”。其诗情怀真率,清淡幽远,长于写景,多反映游历及隐逸生活,在艺术上有独特造诣。有《孟浩然集》。

岁暮海上作

仲尼既云没[1],余亦浮于海[2]。昏见斗柄回[3],方知岁星改[4]。虚舟任所适[5],垂钓非有待[6]。为问乘槎人[7],沧洲复何在[8]?

【注释】

[1] 仲尼:孔子,字仲尼。没(mò):通“殁”,死去。

[2] 浮于海:用《论语·公冶长》中孔子“道不行,乘桴浮于海”语意,表示因不得志而避世。

[3] 斗柄:北斗七星的第五至第七颗星像柄,柄的指向代表不同的季节。

[4] 岁星:木星。木星每十二年在空中绕行一周,每年移动周天的十二分之一,古人把木星所处的位置作为纪年的标准,故称木星为岁星。

［5］ 虚舟：轻舟。

［6］ 垂钓：反用姜子牙渭滨垂钓以待周文王的典故，表示自己无意仕途。

［7］ 乘槎人：见前《八月槎》选文。

［8］ 沧洲：指可供隐居之处。

【评析】

唐玄宗开元十九年（731）秋，孟浩然取道新安江，经桐庐、建德，十月到达永嘉（今浙江温州），此诗即其在永嘉泛舟海上时所作。诗歌开篇写海，接着写天，勾勒出天地壮阔的空旷之境。在此空旷的天地之中，诗人泛舟闲游，垂钓自乐，俨然一个悠游自在、置身世外的隐者形象。然而表面上悠游自在的诗人，内心却并不平静，依然有俗世的苦恼。首句“仲尼既云没，余亦浮于海”，运用孔子典故，化用《论语》的成句，说明自己是因为仕途不得志才放浪形骸而泛舟自乐的。因此，诗中除表现诗人游于海上的潇洒壮逸，还隐含着些许羁旅失落的情绪。我们从“虚舟任所适，垂钓非有待”中，可以看出诗人旅情无主的神态。全诗基调较为低沉，诗人从浮海远逝的幽思中表达岁时改易而自己却一事无成的怅惘，耐人寻味。

李 颀

李颀(?—约754),唐代诗人。望出赵郡(今河北赵县)人,家居颍阳(今河南登封)。开元二十三年(735)进士,曾任新乡县尉。所作边塞诗,风格豪放,七言歌行尤有特色。与王维、高适、王昌龄等人皆有唱和,是盛唐诗坛名家。有《李颀集》。

鲛 人 歌

鲛人潜织水底居[1],侧身上下随游鱼。轻绡文彩不可识[2],夜夜澄波连月色。有时寄宿来城市,海岛青冥无极已[3]。泣珠报恩君莫辞,今年相见明年期[4]。始知万族无不有[5],百尺深泉架户牖[6]。鸟没空山谁复望,一望云涛堪白首[7]。

【注释】

[1] 鲛人:古代神话传说中鱼尾人身的神秘生物,传说其眼泪流出即成珍珠。

[2] 轻绡(xiāo):生丝织成的薄纱。文彩:错杂华丽的色彩。

[3] 青冥:青天。

[4] 期:约定。

[5] 万族:万类,万物。

［6］ 深泉：深渊。唐人避高祖李渊讳，故以泉代渊。户牖（yǒu）：门窗，代指人家。

［7］ 云涛：浩渺如云烟之波涛。

【评析】

西方有美人鱼的传说，中国古代也有鲛人传说。晋人张华《博物志》记载："南海外有鲛人，水居如鱼，不废织绩，其眼能泣珠。……鲛人从水出，寓人家，积日卖绢。将去，从主人索一器，泣而成珠满盘，以与主人。"旧题南朝梁任昉所撰的《述异记》中亦载："蛟人即泉先也，又名泉客。南海出蛟绡纱，泉先潜织，一名龙纱，其价百余金，以为入水不濡。南海有龙绡宫，泉先织绡之处，绡有白之如霜者。"无论是西方的美人鱼还是中国的鲛人，其实都是对海洋动物人格化的想象，是海洋赐给人类的精神财富。李颀的这首《鲛人歌》即用诗歌的形式铺排古代的鲛人传说。诗歌通过鲛人因去城市卖绢寄宿人家，离去时泣珠报恩并约定次年相见之事，赞颂了鲛人的义与信。鲛人传说既让作者相信这大千世界无奇不有，同时又对在茫茫大海中能否见到鲛人感到怅惘迷茫。诗人显然是陷入这美好神秘的传说中无法自拔了。

李 白

李白(701—762),唐代诗人。字太白,号青莲居士。自称陇西成纪(今甘肃静宁)人。出生于西域碎叶(今属吉尔吉斯斯坦),后随家人迁至绵州昌隆(今四川江油)。早年游学蜀中,青年时期漫游各地。天宝初因道士吴筠推荐,诏赴长安为供奉翰林,受到唐玄宗礼遇。但因权贵不容,不久即遭谗去职。天宝十四年(755)安史之乱起,隐居庐山,后参与永王李璘之乱,系狱浔阳,次年长流夜郎,中途遇赦而返。晚年飘泊于武昌、浔阳、宣城等地,代宗宝应元年(762)病卒于当涂。李白诗风雄奇豪放,想象丰富,音韵流转,是屈原以来最具个性特色和浪漫精神的诗人,达到盛唐诗歌艺术的巅峰,被后人誉为“诗仙”,在文学史上具有崇高地位。有《李太白集》。

登高丘而望远海

登高丘,望远海。六鳌骨已霜,三山流安在[1]?扶桑半摧折[2],白日沉光彩。银台金阙如梦中,秦皇汉武空相待。精卫费木石[3],鼋鼍无所凭[4]。君不见骊山茂陵尽灰灭[5],牧羊之子来攀登。盗贼劫宝玉,精灵竟何能[6]。穷兵黩武今如此,鼎湖飞龙安可乘[7]。

【注释】

[1] 六鳌、三山：见前《列子·汤问》选文。此谓六鳌已成枯骨，剩余的三山也不知流至何处。

[2] 扶桑：传说中的神木，长在日出之地。

[3] 精卫：见前《山海经》选文。

[4] 鼋(yuán)鼍(tuó)：巨鳖和猪婆龙(扬子鳄)。

[5] 骊山：秦始皇葬地。茂陵：汉武帝陵墓。

[6] 精灵：指秦始皇、汉武帝的神灵。

[7] 鼎湖飞龙：传说黄帝在鼎湖乘龙升天。

【评析】

海洋与古代的神仙传说总有千丝万缕的联系，因为海洋而生发出对神仙世界的兴趣和想象，几乎是古人的一种条件反射。但对神仙世界的存在相信与否，却因人而异，甚至在同一个人身上也存在矛盾。李白“十五游神仙，仙游未曾歇”(《感兴八首》其五)，早年即对神仙之事颇有兴趣。后来的李白“五岳寻仙不辞远，一生好入名山游”(《庐山谣寄卢侍御虚舟》)，而且创作了大量的游仙诗。可见，他其实是一个有着坚定的神仙信仰的人。但这首《登高丘而望远海》却表示出对古代神仙传说的怀疑，并嘲笑了秦始皇、汉武帝求仙的愚蠢行为，实是出于托古讽今的目的而有意为之。全诗可分为三节。首二句为第一节，点明登山望海的主题。中间八句为第二节，写望海而想到神仙传说的虚妄。末六句为第三节，诗人由秦始皇、汉武帝最终难免一死的事实，揭示了求仙的荒诞，表达对帝王妄求长生的批判。多用典故而夹杂议论，是李白此诗的重要特色。

估 客 行

海客乘天风[1]，将船远行役[2]。譬如云中鸟，一去无踪迹。

【注释】

[1] 海客：海上商客，即题中所谓的“估客”。

[2] 将船：驾船。行役：本指旅行，此指行贩经商。

【评析】

唐代是海洋贸易繁荣的时代。与普通商人一样，海商为了追逐利益，乘着海船天南海北地漂荡，踪迹不定。这是一个颇为神秘的群体，世人对其充满好奇。就李白而言，这些航海的商人屡次在其诗中出现。如其《梦游天姥吟留别》中说：“海客谈瀛洲，烟涛微茫信难求”，可见海商曾向李白讲述海中的神奇见闻。李白的这首短诗也与海客相关。此诗描写了一幅海商随风漂流、驾船远行经商的远景，塑造了一个行踪如云中之鸟般漂泊不定的海商形象。海客乘船消失在茫茫大海中，不正像飞鸟隐藏在云中吗？全诗语言精练，极富韵味。寥寥数笔，却情意深长，暗含着诗人对海客生活的态度：海客们奔赴的世界也许正是生性好奇的诗人所向往的。

高　适

高适(701—765),唐代诗人。字达夫,渤海蓨(今河北景县)人。名将高偘之孙。早年潦倒失意,曾往来东北边陲。天宝中举有道科,授封丘尉。后辞官,入哥舒翰河西幕府为掌书记。安史之乱起,奔赴行在,历任淮南、西川节度使,封渤海县侯,终散骑常侍,世称高常侍或高渤海。高适与李白、杜甫等人皆有交游,诗歌创作则与岑参齐名,并称"高岑",为盛唐边塞诗派的代表。有《高常侍集》。

和贺兰判官望北海作

圣代务平典[1],輶轩推上才[2]。迢遥溟海际[3],旷望沧波开。四牡未遑息[4],三山安在哉?巨鳌不可钓,高浪何崔嵬[5]。湛湛朝百谷,茫茫连九垓[6]。挹流纳广大[7],观异增迟回[8]。日出见鱼目[9],月圆知蚌胎。迹非想像到,心以精灵猜。远色带孤屿,虚声涵殷雷[10]。风行越裳贡[11],水遏天吴灾[12]。揽辔隼将击,忘机鸥复来[13]。缘情韵骚雅,独立遗尘埃。吏道竟殊用,翰林仍忝陪[14]。长鸣谢知己,所愧非龙媒[15]。

【注释】

[1] 圣代:旧时对于自己所处时代的谀称。平典:公平的律令。

[2] 輶(yóu)轩:古代使臣乘坐的一种轻车,此处借指使臣。上才:杰出的人才。

[3] 溟海:大海。

[4] 四牡:驾车的四匹雄马,语本《诗经·四牡》。未遑:顾不上,来不及。

[5] 崔嵬:山高峻貌。此处用以形容海浪巨大。

[6] 九垓:中央至八极之地。

[7] 挹(yì):引。

[8] 迟回:犹豫不定,徘徊。

[9] 鱼目:与后句之"蚌胎"皆指海中珍珠。

[10] 殷雷:轰鸣的雷声。

[11] 越裳:亦作"越常"或"越尝",南海地区古国名。

[12] 天吴:古代中国神话传说中的水神,人面兽身。

[13] 忘机欧复来:见杨广《望海》诗注[4]。

[14] 翰林:本指翰林学士,这里指文学侍从之臣。忝陪:自谦之辞,指自己的这首和诗。

[15] 龙媒:本指骏马,此处喻俊才。

【评析】

此诗作于唐玄宗天宝九年(750),高适时以封丘县尉的身份北使青夷军送兵。诗题中的北海即渤海;贺兰判官指贺兰进明,时在范阳、平卢节度使安禄山幕下任节度判官。由诗歌首两句及末四句看,高适此诗似有希望贺兰进明向朝廷引荐自己的干谒之意。作为一首唱和诗,由于其社交属性,本无特殊之处。所可注意的是中间八句对海洋的描写,其中夹杂神话传说和作者自己的想象之辞,既有雄浑壮阔的大笔勾勒,又有生动形象的细节描写。这在五言诗有限的空间中,确实是比较难以做到的,体现了诗人高超的写作技巧。

刘昚虚

刘昚虚，生卒年不详，唐代诗人。字全乙，洪州新吴（今江西奉新）人。开元二十一年（733）进士，曾任弘文馆校书郎，约卒于天宝间。其诗多为五言，善写山水景物。唐人殷璠所编之《河岳英灵集》选录其诗十一首，足见其在盛唐时之影响。

越中问海客

风雨沧洲暮[1]，一帆今始归[2]。自云发南海，万里速如飞。初谓落何处，永将无所依。冥茫渐西见[3]，山色越中微[4]。谁念去时远，人经此路稀。泊舟悲且泣，使我亦沾衣。浮海焉用说，忆乡难久违。纵为鲁连子[5]，山路有柴扉[6]。

【注释】

[1] 沧洲：滨水之地。此处指越地的海边。

[2] 一帆：指海客所乘之船。

[3] 冥茫：迷茫，晦暗。渐西：浙西。渐，水名，即浙江。

[4] 微：山色黯淡。

[5] 鲁连子：指战国时齐人鲁仲连。《战国策·赵策三》记鲁仲连谓新垣衍曰："彼秦者，弃礼义而上首功之国也。权使其士，虏使其民；彼即肆然

而为帝，过而遂正于天下，则连有赴东海而死矣，吾不忍为之民也！”

[6] 柴扉：柴门。

【评析】

越地是滨海地区，当时的明州（今浙江宁波）等地是唐朝重要的对外贸易港口，海洋贸易发达，吸引了大批海商。海洋贸易虽然利润丰厚，但常年泛海漂泊十分辛苦。这首诗就刻画了一个漂泊无依的海商形象。这是一位从南海长途奔波至越地的商人。风雨日暮，海商的孤帆才靠岸回港，数万里的海上跋涉，孤身一人出没风波之中，可谓历尽艰辛。但即使靠岸了也不能久留，马上又要像浮萍一样继续漂荡，重启居无定所的生活。海商漂泊的辛苦还不是主要的，常年客居异乡，思乡之情才是最难熬的。海商悲伤地向诗人诉说自己的遭遇，让富有同情心的诗人也流下了眼泪。此诗展现了唐代海洋贸易发达背景下海商的心路历程，不但具有文学价值，更具有历史价值。唐人殷璠《河岳英灵集》曾选入此诗，可见这首诗在唐代就为人所熟知。这说明，随着当时海洋贸易的发展，海商这一群体引起了社会的关注。

王　建

王建(约 766—约 834),唐代诗人。字仲初,许州(今河南许昌)人。出身寒微,早年曾一度从军,入幽州和岭南幕府为从事。宪宗元和年间为昭应丞、渭南尉,文宗大和年间任陕州司马。擅乐府诗,与张籍齐名,世称"张王乐府"。其以田家、蚕妇、织女、水夫等为题材的诗篇,对时弊及民生疾苦多有反映。所作《宫词》百首,多描写宫廷内的日常生活,对后世此类作品影响甚大。今存诗五百二十余首。有《王司马集》。

海　人　谣

海人无家海里住[1],采珠杀象为岁赋[2]。恶波横天山塞路,未央宫中常满库[3]。

【注释】

[1]　海人:指长年在海上生活、以船为家的采珠人。

[2]　杀:一本作"役",驱使,亦通。岁赋:贡赋。

[3]　未央宫:西汉长安的宫殿名,汉高祖七年(前 200)由萧何主持建造。此处是以汉喻唐,代指唐代皇宫。

【评析】

王建的乐府诗题材广泛，他善于选择有典型意义的人和事加以艺术概括，集中而形象地反映现实，揭露矛盾。《海人谣》就是这类诗歌的典型。诗歌前两句写海人常年海上漂泊、以船为家的生活状态，其日常生活内容则是采珠杀象，既辛苦又充满危险。虽然珍珠和象牙十分名贵，但这依然无法改变海人的生活。后两句揭示了背后的原因：长安离海边路途遥远，有山水的阻隔，但皇宫中却堆满了海人作为贡赋上交的劳动成果。原来，海人所有的努力不过是为他人作嫁衣裳。此诗运用写实的笔法，再现了中唐时期底层劳动人民遭受残酷剥削的痛苦生活，对当时不合理的赋役制度和统治阶级的巧取豪夺进行了强烈控诉与批判。全诗语言简练，对比鲜明，寓意深刻，发人深省。诗人之所以选取海人生活作为批判统治者的素材，说明海滨地区人民在当时所受的盘剥是颇为深重的，他们的遭遇具有代表性。

韩 愈

韩愈(768—824),唐代文学家、哲学家。字退之,河南河阳(今河南孟州)人。自谓郡望昌黎(今属河北),世称韩昌黎。早孤,由兄嫂抚育。德宗贞元八年(792)进士,贞元末任监察御史,以事贬阳山(今属广东)令。宪宗时任刑部侍郎,因上疏反对宪宗迎佛骨,贬潮州(今属广东)刺史。穆宗时官至吏部侍郎,长庆四年(824)卒于长安,谥文,世称韩文公。韩愈和柳宗元同为古文运动的倡导者。其文各体兼长,气势遒劲,条理畅达,语言精炼,居"唐宋八大家"之首。其诗笔力雄奇,自成一家,开以文为诗之风气,对后来的宋诗影响很大。有《昌黎先生集》。

海 水

海水非不广,邓林岂无枝[1]。风波一荡薄,鱼鸟不可依。海水饶大波[2],邓林多惊风;岂无鱼与鸟,巨细各不同[3]。海有吞舟鲸,邓有垂天鹏;苟非鳞羽大,荡薄不可能。我鳞不盈寸,我羽不盈尺;一木有馀阴,一泉有馀泽。我将辞海水,濯鳞清泠池[4]。我将辞邓林,刷羽蒙笼枝[5]。海水非爱广,邓林非爱枝。风波亦常事,鳞羽自不宜。我鳞日已大,我羽日已修[6]。风波无所苦,还作鲸鹏游。

【注释】

[1] 邓林：夸父手杖所化之树林。《山海经·海外北经》记："夸父与日逐走，入日，渴欲得饮，饮于河渭；河渭不足，北饮大泽。未至，道渴而死。弃其杖，化为邓林。"

[2] 饶：多。

[3] 巨细：大小。

[4] 清泠：清凉寒冷。

[5] 蒙笼：草木茂盛貌。

[6] 修：长，丰满。

【评析】

这是一首托物言志诗，表达诗人将努力提高自身的道德修养，以更强大的修持来抵御外界影响的信念。诗歌前十二句写大海和邓林中风波激荡，若不是吞舟之鲸和垂天之鹏，必定无法在其中优游荡薄。接下来的八句说自己鳞不盈寸、羽不盈尺，只能离开大海和邓林，暂时不去遨游。最后八句进一步解释自己离开的原因，并非不喜欢大海的广阔和邓林的繁茂，实在是自己暂时还无法经受其中的风波激荡。并且发愿，等到自己鳞大羽修之时，一定还要到大海和邓林中作鲸鹏之游。此诗中的海水、鲸鹏之喻显然是受到了《庄子·逍遥游》中鲲鹏意象的影响，但却反其意而用之。全诗用语反复却不让人觉得雷同板滞，字句古朴浅易而兼有《诗经》四言句的跌宕反复之美，是韩愈古体诗中的精品。

白居易

白居易(772—846),唐代诗人。字乐天,晚号香山居士。祖籍太原(今属山西),迁居下邽(今陕西渭南)。德宗贞元十六年(800)进士,历任秘书省校书郎、左拾遗、太子左赞善大夫等职。元和十年(815),宰相武元衡被刺,白居易首上书请求缉凶,以越职言事贬江州司马,移忠州刺史。后任中书舍人、杭州刺史、苏州刺史、太子少傅、刑部尚书等职。武宗会昌六年(846)卒于洛阳,葬龙门香山寺。白居易是中唐元白诗派的核心人物,"新乐府运动"的中坚。早期所作讽谕诗《秦中吟》《新乐府》等,对时弊多有揭露和批判。后期诗文多流连光景之作。和元稹友谊甚笃,并称"元白"。晚年与刘禹锡唱和甚多,人称"刘白"。白居易诗在身前即流传海外,是一位有世界性影响的唐代诗人。有《白氏长庆集》。

海漫漫

海漫漫,直下无底旁无边。云涛烟浪最深处,人传中有三神山。山上多生不死药,服之羽化为天仙[1]。秦皇汉武信此语,方士年年采药去。蓬莱今古但闻名,烟水茫茫无觅处。海漫漫,风浩浩,眼穿不见蓬莱岛。不见蓬莱不敢归,童男丱女舟中老[2]。徐福文成多诳诞[3],

上元太一虚祈祷[4]。君看骊山顶上茂陵头[5]，毕竟悲风吹蔓草[6]。何况玄元圣祖五千言[7]，不言药，不言仙，不言白日升青天。

【注释】

[1] 羽化：飞升成仙。

[2] 丱(guàn)女：幼女。丱，古代儿童上翘的两只角辫。

[3] 徐福：秦时方士，秦始皇曾派他率童男童女数千人入海求仙。文成：汉时方士，以鼓吹神仙方术为武帝所信任，后因骗局暴露被杀。诞诞：荒诞。

[4] 上元：上元夫人，古代神话传说中的仙女名。太一：太乙，天神名。

[5] 骊山：秦始皇葬地。茂陵：汉武帝陵。

[6] 蔓(màn)草：野草。

[7] 玄元圣祖：指老子。唐代皇帝姓李，因攀附老子李耳为其祖。天宝八载(749)六月，追封老子为"圣祖大道玄元皇帝"。五千言：指老子的《道德经》。

【评析】

《海漫漫》是白居易《新乐府》五十首中的一首，作者明言此诗的写作目的是"诫求仙也"。可见，诗歌的主旨在于用秦始皇和汉武帝求仙不成的史实，告诫唐朝统治者不要做求仙那样的蠢事。开头六句描述了关于蓬莱、方丈、瀛洲三座神山以及长生不老药的传说，接着复述了史书上所记载的秦始皇和汉武帝派人访仙求药之事。"海漫漫，风浩浩"几句用无可辩驳的客观事实，揭示了访仙求药行为的虚妄。诗末"君看"六句起了点题的作用，实际上是告诉当时的统治者，秦始皇和汉武帝求仙不止，但最终并不能长生不死，他们的陵墓就是最好的证明。此诗以具体的描述揭示求仙之事的荒诞不经，语意警策，足以使迷信者深省。全诗语言平易，抑扬顿挫，富有音律美。白居易在《新乐府序》中阐明这五十首乐府组诗的创作特色云："首句标其目，卒章显其志，诗三百之义也。其辞质而径，欲见之者易谕也；其言直而切，欲闻之者深诫也；其事核而实，使采之者传信也；其体顺而肆，可以播于乐章歌曲也。"这首《海漫漫》即很好地践行了作者的创作宗旨。

刘禹锡

刘禹锡(772—842),唐代诗人。字梦得,洛阳人。贞元进士,历任太子校书、渭南尉、监察御史等职。永贞元年(805)参与王叔文主导的革新运动,转屯田员外郎,判度支盐铁。永贞革新失败后,贬朗州司马。元和十年(815)被召回长安,寻出为连州刺史,后历任地方与中央,终官太子宾客,世称刘宾客。刘禹锡诗文俱佳,影响甚大,与柳宗元并称"刘柳",与白居易并称"刘白",白居易称之为"诗豪"。有《天论》等哲学名篇。又通医学,著有《传信方》。有《刘梦得文集》。

沓 潮 歌

元和十年夏五月,终风驾涛[1],南海羡溢[2]。南人曰:沓潮也,率三更岁一有之[3]。余为连州,客或为予言其状,因歌之,附于《南越志》。

屯门积日无回飙[4],沧波不归成沓潮。轰如鞭石矻且摇[5],亘空欲驾鼋鼍桥[6]。惊湍蹙缩悍而骄[7],大陵高岸失岧峣[8]。四边无阻音响调,背负元气掀重霄。介鲸得性方逍遥[9],仰鼻嘘吸扬朱翘[10]。海人狂顾迭相招[11],罽衣髽首声哓哓[12]。征南将军登丽谯[13],赤旗指麾不敢嚣[14]。翌日风回沴气消[15],归涛纳纳景昭昭[16]。乌泥白沙复满海，海色不动如青瑶[17]。

【注释】

[1] 终风：终日不断的暴风，此处指飓风。驾：驱使。

[2] 羡溢：泛滥。

[3] 率：大概。三更岁：三年。

[4] 屯门：山名，在广州。积日：连日。回飙：回风，指陆地吹向海洋之风。

[5] 鞭石：鞭打石头。矻(kū)：石坚貌。

[6] 鼋鼍桥：由鼋鼍架起的桥梁。

[7] 惊湍：惊涛。蹙缩：积聚收缩。

[8] 陵：通“凌”，指海水高过海岸之山。岧(tiáo)峣(yáo)：山高峻貌。

[9] 介鲸：大鲸。

[10] 嘘吸：呼吸。朱翘：红色的鸟尾，此处指鱼尾。

[11] 狂顾：仓皇回顾。

[12] 罽(jì)衣：毛织成的衣服。髽(zhuā)首：以麻束发。罽衣、髽首皆为岭南人的穿着打扮。哓(xiāo)哓：因恐惧而发出的叫声。

[13] 征南将军：汉晋时期的将军名号。此处指广州刺史、岭南节度使马总。丽谯(qiáo)：华丽的城楼。

[14] 指麾：指挥。嚣：喧哗。

[15] 翌(yì)日：次日。沴(lì)气：灾害不祥之气。

[16] 纳纳：水流平和貌。昭昭：清朗貌。

[17] 青瑶：青色的玉。此处用以形容海水的颜色。

【评析】

此诗元和十年(815)作于连州，即今天的广东清远，作者时任连州刺史。诗歌所写的是岭南海边的沓潮景观。《岭表录异》卷上记：“广州去大海不远二百里，每年八月，潮水最大，秋中复多飓风。当潮水未尽退之间，飓风作而潮又至，遂至波涛溢岸，淹没人庐舍，荡失苗稼，沉溺舟船，南中谓之沓潮。或十数年一有之……俗呼为‘海翻’，为‘漫天’。”《番禺记》亦云：“两水相合曰沓潮。盖风驾前潮不得去，后潮之应候者复至，则为沓潮，海不能容则溢。"可见，所谓的沓潮，是由飓风引起的潮水复沓堆迭的奇特景观。诗歌首两句概述沓潮形成的原因。接下来八句通过一系列夸张和比喻，描写沓潮前仆后继的巨大声势。"海人"四句则通过人的感受，侧面烘托沓潮惊涛拍岸的气势。末四句写潮水归于平静后的海上景观。据诗前小序可知，沓潮景观非诗人亲见，而是人言其状而诗人形容之。能将非亲眼所见的沓潮景观描写得如在目前，体现了诗人丰富的想象力和高超的蹈空描写才能。

姚　合

姚合(778—859),唐代诗人。字大凝,陕州硖石(今河南三门峡)人。宪宗元和十一年(816)登进士第,授武功主簿。历官监察御史、杭州刺史、给事中等,终官秘书监。姚合擅五律,与贾岛友好且诗风相近,并称“姚贾”。编有唐诗选本《极玄集》二卷。撰有《姚少监诗集》。

杭州观潮

楼有樟亭号[1],涛来自古今。势连沧海阔,色比白云深。怒雪驱寒气,狂雷散大音。浪高风更起,波急石难沉。鸟惧多遥过,龙惊不敢吟。坳如开玉穴[2],危似走琼岑[3]。但褫千人魄[4],那知伍相心[5]。岸摧连古道,洲涨踣丛林[6]。跳沫山皆湿,当江日半阴。天然与禹凿[7],此理遣谁寻?

【注释】

[1]　樟亭:樟亭驿,在今浙江省杭州市钱塘江边,唐代于此置驿楼,为观潮之所。

[2]　坳(ào):低洼的地方。

[3]　琼岑:多美玉之山。

[4]　褫(chǐ):剥夺。

[5] 伍相：指春秋时期的伍子胥。传说吴王夫差杀伍子胥，投尸江上，伍子胥魂魄驱水为涛，来往激荡。

[6] 踣(bó)：扑倒。

[7] 禹凿：大禹开凿。此处与“天然”相对，指人力塑造。

【评析】

钱塘江入海口的潮水气势雄浑，动人心魄，历代文人吟咏不绝。姚合此诗即写自己观潮时的感受。首联点题，接下来三联直写浪涛的颜色、声音和气势，让人有身临其境之感。中五联从鸟、龙、人所受到的震撼及其心理感受侧面展开，描写浪涛动人心魄的巨大声势。尾联则感叹大自然鬼斧神工的创造力。与其他的咏潮诗相比，此诗正面描写和侧面描写相结合，白描和比喻手法兼用，写景生动，感动人心，是比较有特色的一篇。

杜荀鹤

杜荀鹤(846—904),唐代诗人。字彦之,号九华山人,池州石埭(今安徽石台)人。相传为杜牧出妾之子。出身寒微,四十六岁始中进士。后依汴州朱全忠(即后梁太祖)为翰林学士。其诗晓畅清逸,语言通俗,于唐末社会动乱及民生疾苦多有反映。有《唐风集》。

感　寓

大海波涛浅,小人方寸深[1]。海枯终见底,人死不知心。

【注释】

[1] 方寸:指内心。

【评析】

古人常在诗文中感慨人心难测。如白居易说:“天可度,地可量,唯有人心不可防。但见丹诚赤如血,谁知伪言巧似簧”(《天可度》)。刘禹锡说:“长恨人心不如水,等闲平地起波澜。”(《竹枝词》)杜荀鹤的这首小诗通篇用对比的手法,借海水比喻人心的不可捉摸,在这类诗中是比较独特的。大海本来非常深广,但和小人之心相比,也只能算浅,由此可见小人之心深不可测。沧海桑田移换,海底最终也会显露出来,但小人之心却到死也难以捉摸,足见知心之难。杜荀鹤生活在晚唐五代的乱世,对世态炎凉、人心不古当深有体会。这首《感寓》抒发的就是诗人对世道人心的切身感受。

齐　己

齐己(约860—约937),晚唐五代诗僧。俗姓胡,名得生,潭州益阳(今属湖南)人。尝住江陵(今湖北荆州)龙兴寺,自号衡岳沙门。诗多登临酬答、感时伤怀之作,风格清润,语言简淡。性颖悟,能琴工书。有《白莲集》十卷。另撰有诗格《风骚旨格》一卷。

观李琼处士画海涛

巨鳌转侧长鳅翻[1],狂涛颠浪高漫漫。李琼夺得造化本,都卢缩在秋毫端[2]。一挥一画皆筋骨,滉漾崩腾大鲸臬[3]。叶扑仙槎摆欲沉,下头应是骊龙窟[4]。昔年曾要涉蓬瀛[5],唯闻撼动珊瑚声。今来正叹陆沉久,见君此画思前程。千寻万派功难测,海门山小涛头白[6]。令人错认钱塘城[7],罗刹石底奔雷霆[8]。

【注释】

[1]　转侧:翻滚。长鳅(qiū):露脊鲸,体型巨大,可达百吨。

[2]　都卢:统统,全部。秋毫:指毛笔。

[3]　臬(niè):柱子。大鲸臬,即大手笔,喻笔力雄健。

[4]　骊龙:黑龙。据《庄子·列御寇》,骊龙生活在海底深处,其颔下有宝珠。

［5］ 蓬瀛：蓬莱和瀛洲，海中神山名。此处指海。

［6］ 海门山：钱塘江口的龛山和赭山，两山并峙于江海汇合之处，形似两扇门，故名。

［7］ 钱塘城：指杭州。

［8］ 罗刹石：钱塘江口的一块巨石，横接江涛，船舶经过，常为风浪所倾，因名“罗刹石”。罗刹，佛教中食人之恶鬼。

【评析】

这是一首题画诗，书写观看李琼“海涛图”的感受。首四句由画面的第一印象，赞李琼画作巧夺天工，技艺高超。接下来八句以李琼画作勾起自己早年希望涉海观涛的欲望，表达画作给自己带来的震撼。末四句则又转向画作，认为画作让人有身临其境之感，乃至错认为是真实的钱塘潮水景观。此诗夹叙夹议，视角来回转换，如同诗人和李琼面对画作边看边交谈，颇具匠心。李琼是唐代画家，生平不详，此画原作也没能流传后世。但读此诗，却有画作如在目前的感觉。

范仲淹

范仲淹(989—1052),北宋政治家、文学家。字希文,苏州吴县(今江苏苏州)人。真宗大中祥符八年(1015)进士。仁宗庆历三年(1043)任参知政事,发起改革运动,史称“庆历新政”。改革受挫后自请出京,历知邠、邓、杭、青等州。皇祐四年(1052)卒,谥文正,世称范文正公。范仲淹政绩卓著,文学成就突出,人格高尚,被朱熹誉为“天地间第一流人物”。他在《岳阳楼记》中所倡导的“先天下之忧而忧,后天下之乐而乐”思想,对后世影响深远。有《范文正公集》。

和运使舍人观潮

把酒问东溟[1],潮从何代生。宁非天吐纳[2],长逐月亏盈[3]。暴怒中秋势,雄豪半夜声。堂堂云阵合[4],屹屹雪山行[5]。海面雷霆聚,江心瀑布横。巨防连地震[6],群楫望风迎[7]。踊若蛟龙斗,奔如雨雹惊。来知千古信,回见百川平。破浪功难敌,驱山力可并。伍胥神不泯[8],凭此发威名。

【注释】

[1] 把酒:拿着酒杯。东溟:东海。

[2] 宁非：表示反问，犹“难道不是”。

[3] 亏盈：指月亮的圆缺变化。

[4] 堂堂：形容浪涛气势很大。云阵：波涛连绵磅礴，犹如军阵。

[5] 屹屹：高大挺立貌。

[6] 巨防：指海岸。

[7] 楫：船桨，代指船只。

[8] 伍胥：伍子胥。传说吴王夫差杀伍子胥，投尸江上，伍子胥魂魄驱水为涛，来往激荡。不泯：不灭。

【评析】

宋仁宗景祐元年(1034)，范仲淹因上疏劝止宋仁宗废郭皇后，被贬为睦州(今杭州淳安)知州，此诗即作于其任职睦州期间。此诗是与时任两浙转运使的王耿的唱和之作，原有两首，此处所选的是其中的第二首。第一首开篇云：“何处潮偏盛，钱唐无与俦”，可知所咏对象是钱塘江潮。此诗运用出色的语言，多角度、多侧面描写钱塘江潮惊涛拍岸、汹涌澎湃的壮阔气势，给人强烈的视觉震撼和心理冲击，有身临其境之感。潮水壮阔的气势，实际上也是观者心胸的象征和人格的体现。宋人吟咏钱塘江潮的诗词很多，范仲淹此诗有导乎先路的意义。

柳　永

柳永(约 987—约 1053),北宋词人。原名三变,字景庄,后改名永,字耆卿,行七,福州崇安(今福建武夷山)人。仁宗景祐元年(1034)进士登第,历任睦州团练推官、余杭县令、晓峰盐监、泗州判官等职,终官屯田员外郎,世称柳屯田、柳七。为人放荡不羁,终身潦倒。其词多描绘城市风光和歌妓生活,尤长于抒写羁旅行役之情。大力创作慢词,铺叙刻画,情景交融,语言通俗,音律谐婉,当时广为传唱,人称“凡有井水饮处,皆能歌柳词”。有词集《乐章集》。今存诗仅三首。

鬻　海　歌

鬻海之民何所营[1],妇无蚕织夫无耕。衣食之原太寥落[2],牢盆鬻就汝输征[3]。年年春夏潮盈浦[4],潮退刮泥成岛屿。风干日曝咸味加[5],始灌潮波增成卤[6]。卤浓碱澹未得闲,采樵深入无穷山。豹踪虎迹不敢避,朝阳出去夕阳还。船载肩擎未皇歇[7],投入巨灶炎炎热。晨烧暮烁堆积高,才得波涛变成雪。自从潴卤至飞霜[8],无非假贷充馁粮[9]。秤入官中得微值[10],一缗往往十缗偿[11]。周而复始无休息,官租未了私租逼。驱妻逐子课工程[12],虽作人形俱菜色[13]。鬻海之民何苦辛[14],安得母富子不贫。本朝一物不失所,愿广皇仁到海滨[15]。甲兵净洗征输辍[16]，君民馀财罢盐铁[17]。太平相业尔惟盐[18]，化作夏商周时节[19]。

【注释】

[1] 鬻(yù)：售卖。鬻海之民，指沿海地区靠煮海为盐谋生的盐民。营：经营，谋生。

[2] 原：同“源”，来源。寥落：稀少。

[3] 牢盆：用来煮海为盐的锅和盆。输征：指缴纳官府的赋税。

[4] 浦：海边。

[5] 曝(pù)：暴晒。

[6] 熘(liú)：同“馏”，蒸馏。卤(lǔ)：盐卤，海水制盐后残留于盐池内的结晶，亦称苦卤或卤水。

[7] 肩擎(qíng)：肩扛。未皇：顾不上，没时间。皇，通“遑”。

[8] 潴(zhū)卤：盐卤。飞霜：指制成的盐，盐色白，故以飞霜作喻。

[9] 假贷：替代。餱(hóu)粮：干粮。

[10] 微值：微薄的价值。

[11] 缗(mín)：古代穿铜钱的绳子，一千文铜钱穿成一串为缗。

[12] 课：从事。工程：指煮盐。

[13] 菜色：人无粮而吃菜会导致面色青黄，故以菜色指因饥饿而导致营养不良的脸色。

[14] 苦辛：辛苦。

[15] 皇仁：皇恩。

[16] 甲兵净洗：指停止战争。辍：停止。

[17] 盐铁：北宋主管财政的三司之一。古代盐铁实行专卖制度，是封建朝廷的重要财政来源。

[18] 尔惟盐：《尚书·说命》：“若作和羹，尔惟盐梅。”盐味咸，梅味酸，均为调味所需，以此喻指国家所需的贤才。

[19] 夏商周时节：夏商周三代，儒家以其为太平盛世的象征。

【评析】

此诗可以分为两层。从首句到“虽作人形俱菜色”为第一层，写盐民的贫穷困苦。开头四句领起全诗，由煮海为生而不事耕织的盐民引出盐民生活的艰辛，接着描写盐民在官租和私租逼迫下的凄惨生活，为第二层作铺垫。第二层是作者为盐民悲惨的境况向统治阶层呼吁，恳请免除盐税和劳役。此诗原载于元代《大德昌国州图志》卷六《名宦》，题下原注：“悯亭户也。”亭户即盐户，此诗当是写于诗人在昌国县（今浙江定海）任晓峰盐场监官之时。诗人目睹海边盐民的悲惨生活，于是创作此诗以反映盐民的深重苦难，并追究其根源，表达去兵、辍征和罢盐铁的鲜明主张，希望能上达天听，救民于水火。全诗结构谨严，层次井然，卒章显志则体现了曲终奏雅的讽谏之意，读起来似奏章却不失诗味，与唐代白居易讽谕诗的代表作《新乐府》诸篇有异曲同工之处。钱锺书《宋诗选注》曾选录此诗，认为此诗与元代王冕的同题材作品《伤亭户》是“写盐民生活最痛切的两首诗”。

苏 轼

苏轼(1037—1101),北宋文学家、书画家。字子瞻,号东坡居士,眉州眉山(今属四川)人。苏洵子。仁宗嘉祐二年(1057)进士。神宗时任职史馆,因反对王安石变法而求外职,任杭州通判,知密、徐、湖等州。元丰三年(1080)因“乌台诗案”被贬为黄州团练副使。哲宗时任翰林学士,出知杭、颍、扬、定等州,官至礼部尚书。后贬惠州、儋州。徽宗时遇赦北还,途中病逝于常州,南宋时追谥文忠。苏轼是一位百科全书式的天才。其诗为宋调之代表,与黄庭坚并称“苏黄”;其词开豪放一派,与南宋辛弃疾并称“苏辛”;其散文则与欧阳修并称“欧苏”,与其父苏洵、弟苏辙皆位列“唐宋八大家”;其书法高妙入神,与米芾、黄庭坚、蔡襄并称“宋四家”。诗文有《东坡七集》等,词集有《东坡乐府》,传世书画有《黄州寒食帖》《竹石图》等。

登州海市

予闻登州海市旧矣[1]。父老云尝见于春夏,今岁晚,不复见矣。予到官五日而去,以不见为恨,祷于海神广德王之庙[2]。明日见焉,乃作此诗。

东方云海空复空,群仙出没空明中。荡摇浮世生万象,岂有贝阙藏珠宫[3]。心知所见皆幻影，敢以耳目烦神功。岁寒水冷天地闭，为我起蛰鞭鱼龙。重楼翠阜出霜晓，异事惊倒百岁翁[4]。人间所得容力取，世外无物谁为雄？率然有请不我拒[5]，信我人厄非天穷。潮阳太守南迁归[6]，喜见石廪堆祝融[7]。自言正直动山鬼[8]，岂知造物哀龙钟[9]。伸眉一笑岂易得，神之报汝亦已丰。斜阳万里孤鸟没，但见碧海磨青铜[10]。新诗绮语亦安用，相与变灭随东风。

【注释】

[1] 登州：在今山东烟台。

[2] 广德王：东海龙王。唐玄宗天宝十载，封东海龙王为广德王。

[3] 贝阙：用贝壳珠宝装饰的宫殿。珠宫：海里的龙宫。

[4] 异事：指祷于海神庙而见海市之事。

[5] 不我拒："不拒我"的倒装。

[6] 潮阳太守：指唐代诗人韩愈。韩愈于唐德宗贞元十九年贬阳山（今广东清远）令，贞元二十一年量移江陵府法曹参军。

[7] 石廪堆祝融：韩愈贞元二十一年由阳山赴江陵途中游览衡山，作《谒衡岳庙遂宿岳寺题门楼》诗，其中有云："紫盖连延接天柱，石廪腾掷堆祝融。"衡山有五大高峰，即紫盖峰、天柱峰、石廪峰、祝融峰、芙蓉峰。韩愈这两句诗写衡山山峰的雄伟之势。

[8] 山鬼：山神。

[9] 龙钟：老迈状。

[10] 此句谓海面平静如镜。

【评析】

元丰八年（1085），因"乌台诗案"被贬黄州六年的苏轼转知登州，十月十五日到任，二十日又接到进京任礼部员外郎的任命，其在登州的时间甚短。登州海市一般在春夏季多见，苏轼到任的十月前后已经错过了观赏海市的最佳时间。于是他赴海神庙祈祷，结果次日即出现海市蜃楼的奇观。欣喜之余，诗人写下这首著名的《登州海市》。海市蜃楼的奇特景象让诗人感到惊讶，但祷神有应似乎更让诗人觉得神奇。诗人由此感到了自然的神秘，所谓"人间所得容力取，世外无物谁为雄"，觉得有一种神秘的力量在主宰世间万物。由此，诗人想到唐代诗人韩愈。韩愈当年游览衡山时，正值秋雨时节，天气晦暗，于是潜心默祷，须臾之间天气放晴，众峰毕现。韩愈的经历与诗人的祷神有应十分相似，诗人由此获得了“神之报汝亦已丰”的心理安慰。因此，在诗歌的最后，面对须臾即逝的海市景观，诗人表现出“新诗绮语亦安用，相与变灭随东风”的达观。总的来说，这首诗并没有集中描写海市蜃楼的具体景象，而是由海市的恍惚变幻推及世事无常的人生哲理，体现了苏轼一贯的乐观豁达。苏轼离开登州后，登州士人曾将这首诗摹勒上石，以垂久远。作为著名诗人，苏轼这一颇具神秘色彩的经历，也为登州的地域文化增添了光彩。

六月二十日夜渡海

参横斗转欲三更[1]，苦雨终风也解晴[2]。云散月明谁点缀？天容海色本澄清。空馀鲁叟乘桴意[3]，粗识轩辕奏乐声[4]。九死南荒吾不恨，兹游奇绝冠平生[5]。

【注释】

[1] 参(shēn)横斗转：参、斗，星宿名；横、转，指星座位置的移动。

[2] 苦雨终风：连绵不停的风雨。

[3] 鲁叟：孔子。乘桴：乘着木筏。《论语·公冶长》中记，孔子曰：“道不行，乘桴浮于海。”

[4] 轩辕：黄帝。据《庄子·天运》记载，黄帝奏《咸池》之乐于洞庭之野，对北门成讲了一番关于音乐的玄理。

[5] 兹游：指本次贬谪海南的经历。

【评析】

绍圣元年(1094)，宋哲宗亲政，打击元祐旧臣，苏轼被贬至惠州(今属广东)。绍圣四年，年已六十二岁的苏轼再贬儋州(今属海南)，在海南岛过了三年类似于流放的贬谪生活。直到元符三年（1100）四月，朝廷颁行大赦，苏轼才结束海南的贬谪生活。这首诗就是苏轼元符三年六月自海南岛经琼州海峡北归时的作品。诗歌前四句写夜晚渡海所见之景。夜半三更，风雨终于停歇，但见月明星稀，海天澄清，一派平静空寂的景象。而此时的诗人终于结束了多年的南贬生活，也像这海天一样，在经历一系列波诡云谲、颠沛动荡之后归于平静。后四句则是借景抒情。诗人在海天寂静之下想到了孔子和黄帝。孔子说："道不行，乘桴浮于海"，表达了若理想无法实现则遁世远游的愿望。黄帝论乐时说："乐也者，始于惧，惧故祟。吾又次之以怠，怠故遁。卒之于惑，惑故愚。愚故道，道可载而与之俱也。"苏轼借此参透人生荣辱休戚的出处之道。因此，再次回首自己南贬的经历，诗人豁然开朗，觉得荣辱休戚皆成过往，与其自怨自艾、悔恨交加，不如把这次南贬的经历看成是平生最畅快的一次远游。此诗境界阔大，情景交融，富于哲理，诗人于月下、海上、舟中所参悟的人生智慧，不仅展现了自己豪放旷达的胸襟，也给后人留下了深刻的启示。

陆 游

陆游(1125—1210),南宋诗人。字务观,号放翁,越州山阴(今浙江绍兴)人。生当北宋灭亡之际。南宋绍兴中应殿试,为秦桧所黜。孝宗时赐进士出身,曾任镇江、隆兴通判。乾道六年(1170)入蜀,为夔州通判。八年(1172),入四川宣抚使王炎幕府,投身军旅生活。后官至宝谟阁待制。陆游一生创作诗歌九千余首,或抒写爱国之情,或吟咏田园生活,或记录生活点滴,内容丰富。与尤袤、杨万里、范成大齐名,称"中兴四大家"。亦工词,纤丽处似秦观,雄慨处似苏轼。有《剑南诗稿》《渭南文集》《老学庵笔记》等。

航 海

我不如列子[1],神游御天风。尚应似安石[2],悠然云海中。卧看十幅蒲,弯弯若张弓。潮来涌银山,忽复磨青铜。饥鹘掠船舷[3],大鱼舞虚空[4]。流落何足道,豪气荡肺胸。歌罢海动色,诗成天改容[5]。行矣跨鹏背[6],弭节蓬莱宫[7]。

【注释】

[1] 列子:春秋时期郑国人,名御寇。《庄子·逍遥游》云:"夫列子御

风而行，泠然善也”。

［2］　安石：指东晋名臣谢安，字安石。《世说新语·雅量》记：“谢太傅盘桓东山时，与孙兴公诸人泛海戏。风起浪涌，孙、王诸人色并遽，便唱使还。太傅神情方王，吟啸不言。舟人以公貌闲意说，犹去不止。既风转急，浪猛，诸人皆諠动不坐。公徐云：‘如此将无归？’众人即承响而回。于是审其量，足以镇安朝野。”

［3］　鹘(hú)：一种青黑色的短尾隼鸟。

［4］　虚空：天空。

［5］　改容：本指改变脸色，这里指天空改变颜色。

［6］　鹏背：大鹏之背。《庄子·逍遥游》云：“鹏之背，不知其几千里也。”

［7］　弭(mǐ)节：语本《离骚》“吾令羲和弭节兮，望崦嵫而勿迫”，意为停车。

【评析】

此诗是宋高宗绍兴二十九年(1159)秋陆游在福州泛海时所作，诗人时任福州宁德县主簿。首四句写自己虽不能如列子一样御风而翔，却可以像谢安一样泛海而游，引出泛海航行的话题。中六句写海上景色，潮如银山，水如青铜，海鹘掠船，大鱼跳跃。对诗人来讲，这是十分新奇而壮阔的景象，让诗人觉得豪气满怀，心胸激荡，以至忘记了流落海隅的失落感。后六句写诗人航海之感受，对海高歌，赋诗言志，飘飘然有登蓬莱之意。全诗意象典型，语言豪迈，境界阔大，体现了诗人豪放的性格特点。

杨万里

杨万里(1127—1206),南宋诗人。字廷秀,学者称诚斋先生,吉州吉水(今属江西)人。绍兴进士,曾官秘书监,力主抗金。其诗初学江西诗派,后以王安石及晚唐体为宗,以构思新巧、语言通俗明畅而自成一家,被称为“诚斋体”。部分诗歌关怀时事,反映民间疾苦,较为深切。与尤袤、陆游、范成大齐名,并称“中兴四大家”。对理学亦有研究,著有《诚斋易传》。有《诚斋集》。

潮阳海岸望海

动地惊风起海陬[1],为人吹散两眉愁。身行岛北新春后[2],眼到天南最尽头。众水更来何处著?千峰赴此却回休[3]。客间供给能消底[4]?万顷烟波一白鸥。

【注释】

[1] 海陬(zōu):海角。

[2] 岛北:海南岛北。

[3] 千峰:喻海浪。

[4] 底:口语,意为“何”“什么”。

【评析】

宋孝宗淳熙六年(1179),杨万里任提举广东常平茶盐、提点刑狱,此诗即作于其南行经潮阳(今广东汕头)时。首联由海上风起入手,点明观海消愁的主题。颔联转而写自己当下身行岛北、眼到天南的环境,解释了首联所言愁绪之由来。颈联则通过写景,抒发所处之地乃天涯海角、荒隅海陬的孤寂心境。尾联照应首联,以愁作结,意即海上的万顷波涛和翩翩白鸥并不能消除自己客寓南海的愁绪。此诗借望海抒郁闷之情,写景与抒情穿插描写,相互融合,语淡而情真,有"诚斋体"的特色。

海岸沙行

海滨半程沙上路,海风吹起成烟雾。行人合眼不敢觑[1],一行一步愁一步。步步沙痕没芒履[2],不是不行行不去。若为行到无沙处,宁逢石头啮足拇[3]。宁踏黄泥溅袍裤,海滨沙路莫再度[4]。

【注释】

[1] 觑(qù):看。

[2] 芒履:芒鞋,即草鞋。

[3] 啮(niè):咬。足拇:脚指头。啮足拇,意为硌脚。

[4] 度:经过。

【评析】

此诗与上一首诗当写于同时。海滨地区,富含泥沙石头,导致道路难行,给过往的行人增加了旅行的负担。有沙处则鞋子容易陷入沙里,无沙处又有石头硌脚,真可谓步履维艰。正因为如此,诗人才发出了宁愿足践黄泥也不愿再行沙路的感叹。此诗前两句写景,接下来两句则抒发沙滩行走的内心感受,语言通俗,体现了"诚斋体"通俗风趣的特色。

辛弃疾

辛弃疾(1140—1207),南宋词人。字幼安,号稼轩,历城(今山东济南)人。出生时,中原已为金兵所占。二十一岁参加抗金义军,不久即投归南宋,历任湖北、江西、湖南、福建、浙东安抚使等职。一生力主抗金,曾上《美芹十论》《九议》等疏,条陈战守之策,均未被采纳。曾长期落职闲居于江西上饶、铅山一带。韩侂胄当政,一度起用,不久病卒。其词多写收复失地的爱国热情,倾诉壮志难酬的悲愤,亦有吟咏山河景物或赞美田园生活的作品。辛词多用典故,风格沉雄豪迈又不乏细腻柔媚,与苏轼并称"苏辛",与李清照并称"济南二安"。有《稼轩长短句》。

摸鱼儿·观潮上叶丞相

望飞来半空鸥鹭,须臾动地鼙鼓[1]。截江组练驱山去[2],鏖战未收貔虎[3]。朝又暮,诮惯得吴儿不怕蛟龙怒[4]。风波平步,看红旆惊飞[5],跳鱼直上,蹙踏浪花舞[6]。

凭谁问,万里长鲸吞吐,人间儿戏千弩[7]。滔天力倦知何事?白马素车东去[8]。堪恨处,人道是属镂怨愤终千古[9]。功名自误。谩教得陶朱,五湖西子,一舸弄烟雨[10]。

【注释】

[1]　鼙(pí)鼓:古代军队中使用的一种战鼓。

[2]　组练:“组甲”和“被练”,古代军人所穿戴的两种甲衣。

[3]　鏖(áo)战:激战。貔(pí)虎:传说中一种凶猛的野兽,常用来比喻勇猛善战的军人。

[4]　悄惯得:习以为常。吴儿:泛指吴地的青年。

[5]　红旆(pèi):红旗。旆,旗帜。

[6]　蹙(cù):通“蹴”,踩踏。

[7]　儿戏千弩:史载吴越王钱镠曾在钱塘江边筑堤坝,为潮水所冲毁,于是命五百弓弩手射击潮水。

[8]　白马素车:此处用枚乘《七发》中“其少进也,浩浩皑皑,如素车白马帷盖之张”的典故,形容白浪滔天的景象。

[9]　属(zhǔ)镂(lòu):吴王夫差赐给伍子胥自杀用的宝剑名,此处代指伍子胥。

[10]　谩教得:空使得。陶朱:春秋时期越国大夫范蠡。范蠡扶助越王勾践灭吴,后退隐经商,定居陶丘(今山东菏泽),自号陶朱公。西子:西施。范蠡曾将西施献给吴王夫差,用美人计帮助越国攻灭吴国,后携西施泛舟五湖而去。

【评析】

题目中的叶丞相即叶衡,字梦锡,婺州金华(今浙江金华)人,官至右丞相兼枢密使,曾多次向朝廷举荐辛弃疾。淳熙元年(1174)春,叶衡由建康留守入朝为右丞相,辛弃疾也因叶衡的推荐任职仓部郎官。次年,辛弃疾转任江西提刑,此词即辛弃疾赴江西任前在钱塘江观潮时赠给叶衡的作品。词的上片以战喻潮,可谓能曲尽其妙,既歌颂了自然的力量,又讴歌了与大自然搏斗的弄潮儿。下片面对如同“万里长鲸吞吐”的潮水,词人想起钱镠命令五百名弓弩手射击潮水的往事,认为这简直如同儿戏,滔滔的潮水依旧像白马驾着素车一样奔涌而来,不可阻遏。“堪恨处”以下叙述伍子胥的遭遇。吴王不但不采纳伍子胥的良谋,反而赐他自杀。传说伍子胥死后,其冤魂驱水为涛。眼前这滔滔不绝的潮水,不正像是伍子胥的千古遗恨吗?伍子胥本来想建功立业,最终却落得被杀的下场,词人由此感叹“功名自误”,认为倒不如像范蠡那样，功成身退，与西施泛舟五湖来得逍遥自在。辛弃疾在这里实际上是以伍子胥自喻，借古人的遭遇抒发自己心中的苦闷。此词或写景，或用典，无不生动自然。由观潮想到令人痛心的历史往事，想到自己的处境和国家的命运，虽然生发出消极避世的念头，实际上却寄寓了一片忧国忧民之情。

文天祥

文天祥(1236—1283),南宋大臣、文学家。字履善,一字宋瑞,号文山,吉州庐陵(今江西吉安)人。理宗宝祐四年(1256)进士第一,历任刑部郎官,知瑞、赣等州。德祐元年(1275)元兵南下攻宋,文天祥于赣州组织义军,入卫临安(今浙江杭州)。次年任右丞相,出使元军议和,被扣留。后于镇江脱险,至福建坚持抗元。景炎二年(1277)进兵江西,次年在五坡岭(今广东海丰)被俘。后被送至大都(今北京),屡经威逼利诱,誓死不屈,于元世祖至元十九年(1283)被害。遗著有《文山先生全集》。

过零丁洋

辛苦遭逢起一经[1],干戈寥落四周星[2]。山河破碎风飘絮,身世浮沉雨打萍。惶恐滩头说惶恐[3],零丁洋里叹零丁[4]。人生自古谁无死?留取丹心照汗青[5]!

【注释】

[1] 遭逢:遭遇。起一经:因为精通一种经书,通过科举考试而被朝廷起用为官。

[2] 干戈:指抗元斗争。寥落:稀疏冷落。四周星:四周年。文天祥从

起兵抗元到被俘，历时四年。

[3] 惶恐滩：在今江西万安，乃赣江中的险滩。文天祥在兵败江西时，曾经过惶恐滩撤至福建。

[4] 零丁洋：伶丁洋，在今广东珠江口外。文天祥于广东五坡岭兵败被俘后，被押往大都，囚船曾过零丁洋。

[5] 丹心：忠心。汗青：古时简书，用火烤干竹简中的水分以便书写，称汗青。此处代指史册。

【评析】

祥兴元年(1278)，文天祥在广东五坡岭兵败被俘，囚于船上，次年解送大都(今北京)，过零丁洋时，感怀国事生平，遂作此诗。首联回顾身世，追述抗元的四年战斗生涯，表明自己已将个人命运和国家兴亡紧密联系在了一起。颔联承上抒写抗元失败后家国破碎及自己被囚的困境，辞气悲凉，寄寓了深沉的忧愤。颈联选取抗元斗争中所遭遇的两个典型事件，揭示了山河破碎和身世浮沉带给诗人的心灵颤栗和苦痛。尾联以磅礴的气势收束全诗，可谓是宁死不屈的壮烈誓词。全诗格调沉郁悲壮，以“风飘絮”“雨打萍”“惶恐滩”“零丁洋”等具有象征性的景物信手入诗，痛彻地表达了诗人悲凉慷慨的心境。尾联尤为一篇之警策，情调高亢，壮怀激烈，给予后世的仁人志士以莫大激励，是千古传诵的名句。

散　　文

柳宗元

柳宗元(773—819),唐代文学家、哲学家。字子厚,河东解县(今山西运城)人,世称柳河东。德宗贞元进士,授校书郎,调蓝田尉,升监察御史里行。与刘禹锡等参加主张革新的王叔文集团,任礼部员外郎。失败后被贬为永州司马,后迁柳州刺史,元和十四年(819)卒于任,故又称柳柳州。与韩愈倡导古文运动,并称“韩柳”,同列“唐宋八大家”。散文峭拔矫健,说理透彻,结构谨严。亦工诗,风格清峭,与韦应物并称“韦柳”。有《河东先生集》。

东　海　若(节选)

东海若陆游,登孟诸之阿[1],得二瓠焉[2]。刳而振其犀以嬉[3],取海水杂粪壤蛲蚘而实之[4],臭不可当也。窒以密石[5],举而投之海。逾时焉而过之,曰:“是故弃粪耶?”其一彻声而呼曰[6]:“我大海也。”东海若呀然笑曰[7]:“怪矣。今夫大海,其东无东,其西无西,其北无北,其南无南,旦则浴日而出之,夜则滔列星,涵太阴[8],扬阴火珠宝之光以为明，其尘霾之杂不处也，必泊之西澨[9]。故其大也深也洁也光明也，无我若者。今汝，海之弃滴也，而与粪壤同体，臭朽之与曹[10]，蛲蚘之与居，其狭咫也，又冥暗若是，而同之海，不亦羞而可怜哉！子欲之乎？吾将为汝抉石破瓠[11]，荡群秽于大荒之岛，而同子于向之所陈者，可乎？”粪水泊然不悦曰[12]：“我固同矣，吾又何求于若？吾之性也，亦若是而已矣。秽者自秽，不足以害吾洁；狭者自狭，不足以害吾广；幽者自幽，不足以害吾明。而秽亦海也，狭亦海也，幽亦海也，突然而往，于然而来，孰非海者？子去矣，无乱我。”其一闻若之言，号而祈曰[13]：“吾毒是久矣，吾以为是固然不可异也，今子告我以海之大，又目我以故海之弃粪也，吾愈急焉。涌吾沫不足以发其窒，旋吾波不足以穴瓠之腹也[14]，就能之[15]，穷岁月耳。愿若幸而哀我哉！”东海若乃抉石破瓠，投之孟诸之陆，荡其秽于大荒之岛，而水复于海，尽得向之所陈者焉。而向之一者，终与臭腐处而不变也。

【注释】

[1] 东海若：东海之神。孟诸：古大泽名，在今河南商丘。阿：山水弯曲处。

[2] 瓠(hù)：葫芦。

[3] 刳(kū)：剖开。犀：瓠子的籽实。嬉：游戏，玩耍。

[4] 蛲(náo)蚘(huí)：蛲虫和蛔虫，泛指人体寄生虫。蚘，同“蛔”。

[5] 窒：封闭。

[6] 彻声：大声。

[7] 呀然：张口貌。

[8] 太阴：月亮。

[9] 澨(shì)：堤岸。

[10] 与曹：与……为伍。

[11] 抉：剔除。

[12] 泊然：恬淡无欲貌。

[13] 号：哀嚎，哀求。祈：请求。

[14] 穴：穿透。

[15] 就：使。

【评析】

柳宗元的寓言小品在寓言文学发展史上占有重要地位。他继承先秦寓言的传统并加以变革，由原来的以说理为主转变为以讽刺世态为主，遂使他的相关作品成为中晚唐社会的一个缩影，极具现实针对性。除了《三戒》《谪龙说》《蝜蝂传》等名篇外，这篇《东海若》也堪称代表。节选部分以东海之神东海若与二瓠的对话展开，旨在讽刺那些处害不知去取的人，自以为是，最终深受其害。柳宗元因为参与王叔文领导的永贞革新而受到贬谪多年，时常反省自己之前的所作所为，甚至有今是而昨非之感。这篇寓言显然也融入了作者自己的个人经历，是在借寓言抒发自己的人生感悟。文章笔法老到，哲理深刻，给人以思想上的启示和教育。

招海贾文

咨海贾兮[1]，君胡以利易生而卒离其形？大海荡汩兮颠倒日月[2]，龙鱼倾侧兮神怪隳突[3]。沧茫无形兮往来遽卒[4]，阴阳开阖兮氛雾滃渤[5]，君不返兮逝恍惚。舟航轩昂兮下上飘鼓，腾趠峣嵲兮万里一睹[6]。崒入泓坳兮视天若亩[7]，奔螭出怍兮翔鹏振舞[8]。天吴八首兮更笑迭怒[9]，垂涎闪舌兮挥霍旁午[10]，君不返兮终为虏。黑齿䶩鼪鳞文肌[11]，三角骈列耳离披[12]。反断叉牙踔嵚崖[13]，蛇首狶鬣虎豹皮[14]。群没互出讙遨嬉[15]，臭腥百里雾雨㳅[16]，君不返兮以充饥。弱水蓄缩[17]，其下不极，投之必沉，负羽无力[18]。鲸鲵疑畏，淫淫嶷嶷[19]，君不返兮卒自贼。怪石森立涵重渊，高下迾置滔危颠，崩涛搜疏刿戈鋋[20]，君不返兮砉沉颠[21]。其外大泊泙㵿沦[22]，终古回薄旋天垠。八方易位更错陈，君不返兮乱星辰。东极倾海流不属，泯泯超忽纷荡沃。殆而一跌兮沸入汤谷[23]，舳舻霏解梢若木[24]，君不返兮魂焉薄？海若啬货号风雷，巨鼇颔首丘山颓。猖狂震虩翻九垓[25]，君不返兮糜以摧。

咨海贾兮，君胡乐出幽险而疾平夷，悯骇愁苦而以忘其归[26]？上党易野恬以舒[27]，蹈蹂厚土坚无虞。歧路脉布弥九区，出无入有百货俱。周游傲睨神自如，撞钟击鲜恣欢娱，君不返兮欲谁须？胶隔得圣捐盐鱼[28]，范子去相安陶朱[29]。吕氏行贾南面孤[30]，弘羊心计登谋谟[31]。煮盐大冶九卿居[32]，禄秩山委收国租。贤智走诺争下车[33]，逍遥纵傲世所趋，君不返兮谥为愚。

咨海贾兮，贾尚不可为，而又海是图，死为险魄兮生为贪夫。亦独何乐哉？归来兮，宁君躯。

【注释】

[1] 咨：叹气的声音。海贾：海商。

[2] 荡汩：海水迅疾流动。

[3] 豗(huī)突：骚扰，冲撞。

[4] 遽(jù)卒：急促。

[5] 开阖(hé)：开启与关闭。滃(wěng)渤(bó)：云蒸雾涌貌。

[6] 腾趠(chuō)：凌空跳起。趠，同"踔"。峣(yáo)嵲(niè)：山高耸险峻貌。

[7] 崒(zú)：突兀。泓坳：深水湾。

[8] 螭(chī)：传说中无角的龙。忭(biàn)：欢喜，快乐。

[9] 天吴：古代神话中的水神。

[10] 垂涎：流口水。闪舌：吐舌头。挥霍：迅疾貌。旁午：亦作"旁迕"，交错，纷繁。

[11] 黑齿：古代传说中的国家。《山海经·海外东经》："黑齿国在其北，为人黑齿，食稻啖蛇，一赤一青。"巀(zhàn)巘(yǎn)：牙齿外露貌。

[12] 骈列：并列。离披：分散下垂貌，形容纷乱。

[13] 龂(yín)：同"龈"。叉牙：牙齿参差不齐。嵚(qīn)崖(yá)：高峻的山崖。

[14] 豨(xī)：同"豨"，指猪。鬣(liè)：动物颈上的长毛。

[15] 讙(huān)：同"欢"，喜悦。

[16] 洣(mí)：同"弥"，弥漫。

［17］ 弱水：古代神话中的河流名，因水弱不能载舟，故名。后泛指险恶难渡的江湖河海。

［18］ 负羽：漂起羽毛。

［19］ 淫淫嶷嶷（yí）：形容声音绵延不绝。

［20］ 迾（liè）置：排列。剡（yǎn）：削尖。鋋（chán）：短小的矛。

［21］ 砉（huā）：象声词，形容动作迅速的声音。

［22］ 泙（pēng）：水声。奫（yūn）沦：水深广貌。

［23］ 汤谷：旸谷，神话传说中的日出之处。

［24］ 舳（zhú）舻（lú）：船头和船尾，泛指舰船。霏解：解体，离散。若木：《山海经》中的树名。

［25］ 虩（xì）：恐惧。九垓：中央至八极之地。

［26］ 恟（xiōng）骇（hài）：恐惧，害怕。

［27］ 上党：地名，在今山西长治。易野：平坦的原野。

［28］ 胶隔：胶鬲，殷末贤人，传说其曾经商，贩鱼卖盐，文王举以为臣。捐：放弃。

［29］ 范子：范蠡。

［30］ 吕氏：吕不韦，本为阳翟（今河南禹州）富商，事秦庄襄王为相，封文信侯。秦庄襄王卒，秦王政年幼即位，继任相国，被尊为“仲父”。秦王政亲政后，被免职，忧惧自杀。

［31］ 弘羊：桑弘羊，西汉大臣，出身商人。后拜大司农，主管国家财政盐铁，推行算缗、告缗、盐铁官营、均输、平准、酒榷等经济政策。谋谟（mó）：谋划，政策。

［32］ 煮盐：这里指盐商。大冶：从事冶炼的大矿主。九卿：周代称少师、少傅、少保、冢宰、司徒、宗伯、司马、司寇、司空为“九卿”。此处代指中央政府官员。

［33］ 下车：官员到任。

【评析】

柳宗元的骚体作品与《楚辞》一脉相承，具有很高的艺术价值，对《楚辞》的词语、句法等方面均有仿效，在内容上则更为关注现实生活。本篇即属骚体，盖模仿楚辞《招魂》等篇。本文借招海商之魂，描写了海商贸易的危险和艰难,对海商"死为险魄兮生为贪夫"表达了同情之感。唐代国力强盛,海外贸易繁荣,商人逐利而涉海经商,所在多有。但古人的航海技术相对落后,常为风浪倾覆,海洋贸易虽然利润丰厚,却也存在巨大风险。柳宗元此文无疑反映了唐代社会的这一现实。透过文字,我们也可以发现作者这里关注的不仅是海商这一单独群体,还有其他的意蕴。海商冒险蹈海,身死不归,最终被"谥为愚",这和在官场上争名逐利最终导致人生悲剧的人具有很多的相似性。因此,作者文中表达的涉险求利不如常产之乐的思想,实际上也具有讽刺士风奔竞的现实意义。

笔记小说

裴 铏

裴铏，生卒年不详，唐代小说家。懿宗咸通九年(868)为静海军节度使高骈掌书记，僖宗乾符五年(878)以御史大夫领成都节度副使。著有小说集《传奇》三卷，其中《聂隐娘》《昆仑奴》等为唐传奇名篇。此处从《传奇》中选取一篇。

元柳二公

元和初[1]，有元彻、柳实者，居于衡山。二公俱有从父为官浙右[2]，李庶人连累[3]，各窜于驩、爱州[4]。二公共结行李而往省焉。至于廉州合浦县[5]，登舟而欲越海，将抵交阯[6]。舣舟于合浦岸。夜有村人飨神，箫鼓喧哗，舟人与二公仆吏齐往看焉。夜将午，俄飓风欻起[7]，断缆漂舟，入于大海，莫知所适。罥长鲸之鬐，抢巨鳌之背。浪浮雪峤，日涌火轮；触鲛室而梭停，撞蜃楼而瓦解。摆簸数四，几欲倾沉，然后抵孤岛而风止。

二公愁闷而陟焉。见天王尊像，莹然于岭所，有金炉香烬，而别无一物。二公周览之次，忽睹海面上有巨兽，出首四顾，若有察听，牙森剑戟，目闪电光，良久而没。逡巡[8]，复有紫云自海面涌出，漫衍数百步，中有五色大芙蓉，高百馀尺，叶叶而绽，内有帐幄，若绣绮错杂，耀夺人眼。又见虹桥忽展，直抵于岛上。俄有双鬟侍女，捧玉合，持金炉，自莲叶而来天尊所，易其残烬，炷以异香。二公见之，前告叩头，辞理哀酸[9]，求返人世。双鬟不答，二公请益苦。良久，女曰："子是何人，而遽至此？"二公具以实白之。女曰："少顷，有玉虚尊师当降此岛，与南溟夫人会约。子但坚请之，当有所遂。"言讫[10]，有道士乘白鹿，驭彩霞，直降于岛上。二公并拜而泣告。尊师悯之，曰："子可随此女而谒南溟夫人，当有归期，可无碍矣。"尊师语双鬟曰："余暂修真，毕，当诣彼。"二子受教，至帐前，行拜谒之礼。见一女，未笄[11]，衣五色文彩，皓玉凝肌，红流腻艳，神澄沆瀣，气肃沧溟。二子告以姓字，夫人哂之曰[12]："昔时天台有刘晨，今有柳实；昔有阮肇，今有元彻。昔时有刘、阮，今有元、柳，莫非天也！"[13]设二榻而坐。俄顷，尊师至，夫人迎拜，遂还坐。有仙娥数辈，奏笙簧萧笛，旁列鸾凤之歌舞，雅合节奏。二子恍惚若梦于钧天[14]，即人世罕闻见矣。遂命飞觞[15]。忽有玄鹤衔彩笺，自空而至，曰："安期生知尊师赴南溟会，暂请枉驾。"[16]尊师读之，谓玄鹤曰："寻当至彼。"尊师语夫人曰："与安期生间阔千年[17]，不值南游，无因访话。"夫人遂促侍女进馔。玉器光洁，夫人对食，而二子不得饷[18]。尊师曰："二子虽未合饷，然为求人间之食而饷之。"夫人曰："然。"即别进馔，乃人间味也。尊师食毕，怀中出丹篆一卷而授夫人。夫人拜而受之，遂告去。回顾二子曰："子有道骨，归乃不难，然邂逅相遇，合有灵药相贶[19]。但子宿分自有师[20]，吾不当为子师耳。"二子拜，尊师遂去。俄海上有武夫，长数丈，衣金甲，仗剑而进曰："奉使天真，清道不谨，法当显戮，今已行刑。"遂趋而没。夫人命侍女紫衣凤冠者曰："可送客去，而所乘者何？"侍女曰："有百花桥，可驭二子。"二子感谢拜别。夫人赠以玉壶一枚，高尺馀。夫人命笔题玉壶诗赠曰：

来从一叶舟中来，去向百花桥上去。

若到人间扣玉壶，鸳鸯自解分明语。

俄有桥长数百步，栏槛之上，皆有异花。二子于花间潜窥，见千龙万蛇，遽相交绕，为桥之柱。又见昔海上兽，已身首异处，浮于波上。二子因诘使者，使者曰："此兽为不知二君故也。"使者曰："我不当为使而送子，盖有深意欲奉托，强为此行。"遂襟带间解一琥珀合子[21]，中有物，隐隐若蜘蛛形状。谓二子曰："吾辈，水仙也。水仙，阴也，而无男子。吾昔遇番禺少年[22]，情之至而有子，未三岁，合弃之。夫人命与南岳神为子，其来久矣。闻南岳回雁峰使者有事于水府[23]，返日，凭寄吾子所弄玉环往，而使者隐之，吾颇为恨。望二君子为持此合子，至回雁峰下，访使者庙而投之，当有异变。倘得玉环，为送吾子，吾子亦自当有报效耳。慎勿启之！"二子受之，谓使者曰："夫人诗云：'若到人间扣玉壶，鸳鸯自解分明语。'何也？"曰："子归，有事但扣玉壶，当有鸳鸯应之，事无不从矣。"又曰："玉虚尊师云吾辈自有师，师复是谁？"曰："南岳太极先生耳。当自遇之。"遂与使者告别。

桥之尽所，即昔日合浦之维舟处。回视，已无桥矣。二子询之，时已一十二年，驩、爱二州亲属，已殒谢矣[24]。问道将归衡山，中途因馁而扣壶，遂有鸳鸯语曰："若欲饮食，前行自遇耳。"俄而道左有盘馔丰备，二子食之，而数日不思他味。寻即达家，昔日童稚，已弱冠矣。然二子妻各谢世，已三昼[25]。家人辈悲喜不胜，曰："人云郎君亡没大海，服阕已九秋矣。"[26]二子厌人世，体以清虚，睹妻子丧，不甚悲感。遂相与直抵回雁峰，访使者庙，以合子投之。倏有黑龙，长数丈，激风喷电，折树揭屋，霹雳一声，而庙立碎。二子战栗，不敢熟视。空中乃有掷玉环者，二子取之而送南岳庙。及归，有黄衣少年，持二金合子，各到二子家，曰："郎君令持此药曰'还魂膏'，而报二君子。家有毙者，虽一甲子[27]，犹能涂顶而活。"受之，而使者不见。二子遂以活妻室。

后共寻云水，访太极先生，而曾无影响[28]。闷却归。因大雪，见大叟负樵而鬻。二子哀其衰迈，饮之以酒。睹樵檐上有'太极'字，遂礼之为师，以玉壶告之。叟曰："吾贮玉液者，亡来数十甲子，甚喜再见。"二子因随诣祝融峰[29]，自此而得道，不重见耳。

【注释】

[1] 元和：唐宪宗年号。

[2] 从父：叔父。浙右：浙西，唐代的行政区域，大体包括今天的浙江北部和江苏南部地区。

[3] 李庶人：李锜。唐宪宗元和二年(807)，镇海军节度使李锜叛乱，兵败后被腰斩处死。庶人：平民百姓。李锜原为李唐宗室，起兵谋反后，废为庶人。

[4] 驩(huān)、爱州：驩州和爱州，在今越南境内，当时在唐朝的版图内。

[5] 廉州合浦县：今属广西北海。

[6] 交阯：在今越南北部红河流域，当时在唐朝版图内。

[7] 欻(xū)：忽然。

[8] 逡巡：不久，一会儿。

[9] 辞理：语言和理由。哀酸：哀痛心酸。

[10] 讫(qì)：完毕，结束。

[11] 未笄(jī)：指女子未成年。笄，束发的一种簪子，古时女子十五岁行及笄之礼，表示已成年。

[12] 哂(shěn)：嘲笑。

[13] 刘晨、阮肇：据干宝《搜神记》记载，东汉时刘晨与阮肇去天台山采药，被两仙女邀至家中，结为夫妻。半载后二人返乡，子孙已过七代。

[14] 钧天：神话传说中天帝居住的地方。

[15] 飞觞：举杯喝酒。觞，酒杯。

[16] 安期生：郑仙，原名郑安期，秦汉间燕齐方士，传说他后来得道成仙。枉驾：屈驾。

[17] 间阔：久别不见。

[18] 饷(xiǎng)：用酒食款待。

[19] 贶(kuàng)：赠送，赐予。

[20] 宿分：命中注定。

[21] 合子：盒子。

[22] 番禺：今属广州。

[23] 回雁峰：南岳衡山七十二峰之一，据说每年秋季，北雁来此过冬，

来年春暖返回，故名。

［24］ 殒(yǔn)谢：去世。

［25］ 三昼：三天。

［26］ 服阕：守丧期满除服。九秋：九年。

［27］ 一甲子：六十年。

［28］ 影响：影子和声响，引申为踪迹。

［29］ 祝融峰：南岳衡山的最高峰。传说火神祝融死后葬在衡山，人们遂将衡山的最高峰命名为祝融峰。

【评析】

《元柳二公》描写的是典型的海上漂泊奇遇的故事。这个故事最吸引人之处在于对海上仙境的描写：高处的天尊塑像，海上绽放的五色莲花，从莲花中走出的仙女，龙蛇缠绕的桥柱，海上的巨兽，等等，都表现出作者奇异的想象力。作为文学作品，《元柳二公》虽然事涉神怪，但毕竟是时代和现实的产物，南溟夫人侍女如云，锦衣玉食，歌舞宴乐，正是人间统治者奢华生活在神仙世界的投射。奉使天真巡海时没有看见元、柳二人，犯了“清道不谨”之罪。这个“牙森剑戟”“目光如电”的巨兽，仅因这一小小的过失，竟然“法当显戮”，致使“身首异处，浮于波上”，给人留下深刻印象。而小说中涉及被腰斩的唐代叛臣李锜，这就不能不使人联想到现实世界的残酷。因此，《元柳二公》虽是漂泊奇遇小说，但以现实为背景，一定程度上反映了唐末知识分子对现实社会中政治斗争的认识。元、柳二人最后得道，不知所踪，也是作者全身远祸、避世远游思想的反映。

沈　括

沈括(1031—1095),北宋科学家、政治家。字存中,杭州钱塘(今浙江杭州)人。嘉祐进士。熙宁中参与王安石变法,五年(1072)提举司天监,八年使辽。后任翰林学士,权三司使,整顿陕西盐政。转知延州(治今陕西延安),加强对西夏的防御。元丰五年(1082),因徐禧失永乐城(今陕西米脂),连累遭贬,为筠州团练副使,随州安置。晚年退居润州,以平生见闻撰成笔记体巨著《梦溪笔谈》,内容涉及天文、地理、典制、律历、音乐、医药等多个领域。其中自然科学部分,总结了中国古代的科学发展和生产技术的情况,尤有价值。此处从《梦溪笔谈》中选录一则。

海市蜃楼

登州海中时有云气[1],如宫室台观、城堞人物[2]、车马冠盖[3],历历可见,谓之"海市"。或曰:"蛟蜃之气所为。"[4]疑不然也[5]。欧阳文忠曾出使河朔[6],过高唐县[7],驿舍中夜有鬼神自空中过[8],车马人畜之声,一一可辨。其说甚详[9],此不具纪[10]。问本处父老,云:"二十年前尝昼过县,亦历历见人物。"土人亦谓之海市[11],与登州所见大略相类也。

【注释】

[1] 登州：地名，在今山东省烟台市蓬莱、栖霞一带。

[2] 堞(dié)：城上矮墙。

[3] 冠盖：古时官员戴的帽子和所乘之车的车盖。此处泛指官员的仪仗行列。

[4] 蛟：龙。蜃(shèn)：大蛤蜊。古人认为海中蛟龙类动物能吐气制造幻景，凝结为山川、城郭、楼台等幻象。

[5] 不然：不是这样。

[6] 欧阳文忠：宋代文学家欧阳修，曾任河北都转运使，卒后谥文忠，

[7] 高唐县：今山东省高唐县。

[8] 驿舍：驿馆旅舍。

[9] 宋人宋敏求《春明退朝录》记载："欧阳少师言：为河北都转运使，冬月按部至沧、景间，于野亭夜半闻车旗兵马之声，几达旦不绝。问宿彼处人云：'此海神移徙，五七年间一有之。'"欧阳少师即欧阳修，以太子少师致仕。

[10] 具纪：详细记录。纪，通"记"，记录。

[11] 土人：当地人。

【评析】

欧阳修早年出使河北，过山东高唐，宿于野外，夜间听见车旗兵马之声。当地人告诉他，这是海神迁移造成的神秘景象。沈括作为科学家，没有迷信这一说法。他结合高唐当地人对此现象的描述，认为这和登州的海市蜃楼景象一致，是一种正常的自然现象，与海神无关。虽然限于当时的认知能力，沈括没有也不可能对海市蜃楼的景象做出科学解释，但这种怀疑精神是值得肯定的。

刘 斧

刘斧，北宋小说家。生卒年及生平事迹不详，约生活于仁宗至哲宗年间。喜采掇和编写小说逸闻，有《青琐高议》《翰府名谈》《摭遗》等，今仅存《青琐高议》十八卷。此处从《青琐高议》中选录两则。

巨 鱼 记

嘉祐年[1]，余侍亲通州狱吏[2]，秋八月十七日，天气忽昏晦，海风泯泯至[3]，而雨随之。是夜潮声如万鼓，势若雷动，潮逾中堰，卒闻阴风海水中[4]，若有数千人哭泣声。及晓，有巨鱼卧堰下，长百余丈，望之隆隆然如横堤[5]。困卧沙中，喘喘待死，时复横转，遂成泥沼[6]，然或有气，沙雨交飞。后三日乃死，额有朱书尚存焉[7]。此地人莫有识此鱼者，身肉数万斤，皆不可食，但作油可照夜[8]。次年通人大疫，十没四五[9]。巨鱼死，亦非佳瑞也。

【注释】

[1] 嘉祐：北宋时期宋仁宗使用的第九个年号。

[2] 侍亲：侍奉父母。通州：今江苏南通。狱吏：掌管讼案、刑狱的官吏。

[3] 泯泯：纷乱貌。

[4] 卒：之后。

[5] 隆隆然：巨大貌。

[6] 泥沼：淤泥、沼气。

[7] 朱书：红色的字。

[8] 照夜：照明。

[9] 没(mò)：同“殁”，死亡。

【评析】

鲸鱼搁浅现象，在晋代张华的《博物志》中已被当作奇闻异事来记载。在当下，鲸鱼搁浅之事常有发生，科学家也尚未做出合理解释。古人限于当时对自然现象的认知，往往将鲸鱼搁浅视为一种不祥的预兆。本篇所写的是作者的真实见闻，详细记述了通州海岸鲸鱼搁浅之前的天象、鲸鱼搁浅时的状态以及鲸鱼搁浅次年通州发生的瘟疫。作者认为鲸鱼搁浅是一种不祥的预兆，将其与瘟疫的暴发联系起来，虽具有迷信色彩，但在一定程度上也反映了当时人对海洋生物神秘性的认识。

异鱼记

嘉祐岁中，广州渔者夜网得一鱼，重百斤，舟载以归。洎晓视之[1]，人面龟身，腹有数十足，颈下有两手如人手。其背似鳖，细视项有短发甚密，脑后又有一目，胸腹五色，皆绀碧可爱[2]。众渔环视，莫能知其名。询诸渔人，亦无识者。众谓杀之不祥，渔人以複荷而归[3]，求人辨之。置于庭下，以败席覆之。夜切切有声[4]，渔者起，寻其声而听之。其声出于败席之下，其音虽细，而分明可辨，乃鱼也。渔者蹑足附耳听之，云：“因争闲事离天界，却被渔人网取归。”渔者不觉失声，则鱼不复言。渔者以为怪，欲弃之，且倡言于人[5]。

有市将蒋庆知而求之于渔者[6]，得之，以巨竹器荷归，复致于轩楹间[7]，以物覆之。中夜则潜足往听之，鱼言云：“不合漏泄闲言语，今又移来别一家。"至晓不复言。明日，庆他出，妻子环而观之，鱼或言曰："渴杀我也。"[8]观者回走，急求庆而语之，庆曰："我载之以巨盆，汲井水以沃之。"[9]及暮，鱼又言曰："此非吾所食。"庆询渔者，鱼出于海，海水至咸，庆遣仆取海水养之。是夜庆与妻又听之，鱼曰："放我者生，留我者死。"妻谓庆曰："亟放出，无招祸也。"[10]庆曰："我不比人，安惧？"竟不放。

更后两日，庆乘醉执刀临鱼面祝曰[11]："汝能言，乃鱼之灵者。汝今明言告我，我当放汝归海。汝若默默，则吾以刀屠汝矣。"鱼即言曰："我龙之幼妻也，因与龙竞闲事[12]，我忿然离所居至近岸，不意入于渔网中。汝若杀我，无益。放我，当有厚报。"庆即以小舟载入海，深水而放之。

后半年，庆游于市，有执美珠货者，庆爱之，问其价，货者曰："五百缗。"庆以为廉，乃酹之半[13]。货者许诺曰："我识君，君且持珠归，吾明日就君之第取其直。"[14]乃去，后竟不来。庆归，私念："此珠可直数千金，吾既得甚廉，又不来取直，何也？"异日复见货珠人，庆谓来取价，其人曰："龙之幼妻使我以珠报君不杀之恩也。"其人乃远去。

此事人多传闻者，余见庆子，得其实而书之也。

【注释】

[1] 洎(jì)：等到。

[2] 绀(gàn)：黑红色。

[3] 複：有里的衣服，即夹衣。荷：背，扛。

[4] 切切：形容声音轻细。

[5] 倡言于人：向别人说。

[6] 市将：管理市场的官员。

[7] 轩楹：堂前的廊柱。

[8] 杀：用在动词后，表示程度深，"渴杀我也"，即"渴死我了"。

[9] 沃：浇水。

[10] 亟(jí)：急切，赶快。

[11] 面祝：当面祷告。此处指说话。

[12] 竞闲事：因小事而争吵。

[13] 酹(lèi)：原指把酒浇在地上，表示祭奠，这里指讨价还价。

[14] 就：到。第：屋第，指蒋庆家。直：通“值”，价钱。

【评析】

水中的龙子或龙女化身为鱼，被渔人捕获，得救后诚心报恩，这样的故事有很多。本篇的特别之处有三：其一，这条体形和色彩不同一般的异鱼，夜间竟忍不住悄悄说起话来。头一夜说：“因争闲事离天界，却被渔人网取归。”第二夜讲：“不合漏泄闲言语，今又移来别一家。”散文体的叙事中插入韵文，饶有趣味。其二，这条鱼为“龙之幼妻”，小俩口为闲事争吵，一时怄气离开龙宫，不幸落入渔网。龙夫妻也和人间夫妻一样，会为琐事争吵，以致离家出走，这样的情节设置也颇具世俗生活的情调。其三，龙女获救后并未像同类故事那样邀请恩人前往龙宫游览，而是在珠宝交易活动中让一位珠宝商无偿赠予恩人珠宝以报不杀之恩，这样的情节设计不落窠臼。故事通篇没有对龙和龙宫的神秘信仰色彩，对化身为异鱼的龙女形象的描述，虽然是出自幻想，然而幻想虚构中又充满人情味。因此，就本篇的内容和叙述形式来看，它是我国龙女故事中一个富有民间口头文学意趣的类型，值得重视。

洪　迈

洪迈(1123—1202),南宋文学家、学者。字景卢,乐平(今属江西)人。绍兴十五年(1145)进士,官至端明殿学士。谥文敏。学识渊博,著作丰富,曾主持修纂《四朝国史》,另撰有《容斋随笔》《野处类稿》,编有《万首唐人绝句》等。《夷坚志》是洪迈所撰的一部笔记小说集,取《列子·汤问》"夷坚闻而志之"语为名。原书四百二十卷,分初志、支志、三志、四志,每志又分十集,以天干为序。现已残阙。全书内容丰富,多为神怪故事和异闻杂录,也记载了一些当时的市民生活,颇为宋以后的戏曲、小说所取资。此处从《夷坚志》中选录三则。

长乐海寇

绍兴八年[1],丹阳苏文瓘为福州长乐令[2],获海寇二十六人。先是,广州估客及部官纲者[3],凡二十有八人,共僦一舟[4],舟中篙工、柁师人数略相敌[5],然皆劲悍不逞,见诸客所赍物厚,阴作意图之。行七八日,相与饮酒,大醉,悉害客,反缚投海中,独留两仆使执爨[6]。至长乐境上,双橹折,盗魁使二人往南台市之[7],因泊浦中以待,时时登岸为盗,且掠居人妇女入船,无日不醉。两仆逸其一[8],径诣县告焉。尉入村未返,文瓘发巡检兵,自将以往。行九十里与盗遇,会其醉,尽缚之。还至半道，逢小舟双橹横前，叱问之，不敢对，又执以行，无一人漏网者。时张子猷给事为帅[9]，命取舟检索，觉柁尾百物萦绕。或入水视之，所杀群尸并萃其下[10]，僵而不腐，亦不为鱼鳖所伤。张公叹异，亟为殓葬。盗所得物才三日，元未之用也。

【注释】

[1] 绍兴：南宋时期宋高宗使用的第二个年号。绍兴八年，即公元1138年。

[2] 苏文瓘：丹阳（今属江苏）人，北宋宰相苏颂之孙，官至彰州知州，与苏轼等人有交往。长乐：今福建福州。

[3] 估客：商人。部官纲者：运送官府成批货物的人。

[4] 僦（jiù）：租赁。

[5] 相敌：相当，差不多。

[6] 执爨（cuàn）：做饭。

[7] 盗魁：盗贼的头目。南台：山名，钓台山，在今福建福州。市：购买。

[8] 逸：逃跑。

[9] 张子猷：张致远，字子猷，南宋名臣，曾任福州知州，平定海盗郑广等人。

[10] 萃：聚集。

【评析】

宋代海洋贸易繁盛，但也出现海盗猖獗的现象，史书对此多有记载。福建沿海地区的郑广，海南地区的陈明甫、陈公发，都是当时的大海盗。宋代的海盗来自不同的社会阶层，有地痞无赖，有不法商人，也有普通百姓，甚至还有不法的官兵乃至外国人。宋朝廷主要采取招抚的政策，希望平息海盗之祸。但由于海盗的收益远大于违法成本，且得到了沿海地区一些百姓的支持及不法官吏的庇护，往往很难根除。洪迈这里记载了一则骇人听闻的海盗杀人事件，可见当时东南沿海地区海盗之猖獗。本篇作品具有证史、补史的价值。

泉州杨客

泉州杨客为海贾十馀年[1]，致赀二万万[2]。每遭风涛之厄，必叫呼神明，指天日立誓，许以饰塔庙、设水陆为谢[3]。然才达岸，则遗忘不省[4]，亦不复纪录。绍兴十年，泊海洋，梦诸神来责偿，杨曰："今方往临安[5]，俟还家时，当一一赛答[6]，不敢负。"神曰："汝那得有此福？皆我力尔。心愿不必酬，只以物见还。"杨甚恐。以七月某日至钱塘江下，幸无事，不胜喜，悉辇物货置抱剑街主人唐翁家[7]，身居柴垛桥西客馆。唐开宴延伫[8]，杨自述前梦，且曰："度今有四十万缗，姑以十之一酬神愿，馀携归泉南置生业，不复出矣。"举所赍沉香、龙脑、珠琲珍异纳于土库中[9]，他香布、苏木不减十馀万缗，皆委之库外。是夕大醉。次日，闻外间火作，惊起，走登吴山，望火起处尚远，俄顷间已及唐翁屋，杨顾语其仆："不过烧得粗重，亦无害。"良久，见土库黑烟直上，屋即摧塌，烈焰亘天。稍定还视，皆为煨烬矣[10]。遂自经于库墙上[11]。暴尸经夕，仆告官验实，乃得稿葬云。[12]

【注释】

[1] 泉州：今福建泉州，唐宋时期是重要的海洋贸易口岸城市。海贾：海商。

[2] 赀：同"资"，资产，财富。

[3] 饰塔庙：造塔立庙。设水陆：开水陆法会。水陆法会是汉传佛教中一种隆重而盛大的佛事仪式。谢：酬谢，报答。

[4] 不省：不理会。

[5] 临安：今浙江杭州，南宋都城。

[6] 赛答：酬祭报答。

［7］ 辇：用车运载。

［8］ 延伫：挽留，这里指设宴招待。

［9］ 赍(jī)：携带。珠琲：成串的珍珠。土库：地下室。

［10］ 煨(wēi)烬(jìn)：灰烬。

［11］ 自经：自缢。

［12］ 稿葬：用草席裹着尸体埋葬，意指草草埋葬。

【评析】

海洋航行的风险很大，因此滨海地区的海神崇拜之风颇为兴盛。《夷坚志·林夫人庙》曾记："兴化军境内地名海口，旧有林夫人庙，莫知何年所立，气宇不甚广大，而灵异素著。凡贾客入海，必致祷祠下"。这里所谓的"林夫人"，即我们熟知的妈祖，俗称"海神娘娘"。传说她是掌管海上航运的女神，受到渔民和海商的顶礼膜拜。小说中所写的杨姓商人如同众多的海商一样，每每在海上遇到风涛之险时，必祷告祈求海神的保护，并许以酬谢，但每次平安脱险后就不再兑现之前的承诺。他的行为引起了海神的愤怒，最终所有财产被大火烧为灰烬，而自己也上吊而死。作者意在宣扬因果报应，谴责杨姓海商不守承诺和自私贪婪。同时，也体现了两宋时期随着海洋开发和海上交流活动的不断深入，东南沿海地区海神崇拜之风的根深蒂固。

海 王 三

王之父贾泉南[1]，航巨浸，为风涛败舟，同载数十人俱溺。王得一板自托，任其簸荡[2]，到一岛屿傍，遂陟岸行山间，幽花异木，珍禽怪兽，多中土所未识，而风气和柔，不类蛮峤[3]，所至空旷，更无居人。王憩于大木下，莫知所届[4]。忽见一女子至，问曰："汝是甚处人？如何到此？"王以舟行遭溺告，女曰："然则随我去。"女容状颇秀美，发长委地，不梳掠，语言可通晓，举体无丝缕朴樕蔽形[5]。王不能测其为人耶，为异物耶，默念业已堕他境，一身无归，亦将毕命豺虎[6]，死可立待，不若姑听之，乃从而下山。抵一洞，深杳洁邃，晃耀常如正昼[7]，盖其所处，但不设庖爨[8]。女留与同居，朝暮饲以果实，戒使勿妄出。王虽无衣衾可换易，幸其地不甚觉寒暑，故可度。岁馀，生一子。迨及周晬[9]，女采果未还，王信步往水涯，适有客舟避风于岸隩[10]，认其人，皆旧识也，急入洞抱儿至，径登之。女继来，度不可及，呼王姓名骂之，极口悲啼，扑地几绝。王从篷底举手谢之，亦为掩涕。此舟已张帆，乃得归楚。儿既长，楚人目为海王三[11]，绍兴间犹存。

【注释】

[1] 贾：经商。泉南：今福建泉州。

[2] 簸荡：颠簸、漂荡。

[3] 不类：不同。蛮峤：蛮夷。

[4] 届：到达。

[5] 丝缕：衣服。朴樕(sù)：丛木，小树枝。蔽形：遮蔽身体。

[6] 毕：通“毙”，死亡。

[7] 晃耀：闪耀明亮。正昼：白昼。

[8] 庖(páo)爨(cuàn)：厨房和炊具。

[9] 迨及：等到，达到。周晬(zuì)：周岁。

[10] 隩(yù)：海岸弯曲处。

[11] 目为：称之为。

【评析】

海王三的父亲早年在泉州经商，海上遭遇风暴，同船的人都被淹死，唯独他抱着一块木板漂荡至陌生海岛，不得已接受岛上原始部落女子的帮助，幸运地存活下来。他和岛上的这位陌生女子一起生活并育有一子，即海王三。海王三刚满周岁时，其父趁其母采野果外出的机会，偷偷溜到海边，遇见在此避风的商船，遂携带海王三登船离开，最终返回楚州山阳的老家。海王三父亲这种类似《鲁滨逊漂流记》的海上奇遇故事，确实让人觉得匪夷所思，但在海洋贸易发达的宋代则是完全可能的。洪迈在故事的最后明确交代，海王三在宋高宗绍兴年间尚在世，与自己基本上属于同时期的人。因此，这则故事虽然离奇，却很可能是有现实依据的。

元好问

元好问(1190—1257),金代文学家。字裕之,号遗山,秀容(今山西忻州)人。兴定进士,正大元年(1224)登博学宏词科,授儒林郎,充国史院编修。天兴元年(1232),任尚书省掾、左司都事。金亡后不仕。工诗文,亦擅词,在金、元之际颇负重望。诗词多伤时感事之作,风格沉郁。有《遗山集》。另编选金朝诗歌总集《中州集》。《续夷坚志》是元好问承续洪迈《夷坚志》编辑而成的一部笔记小说集,凡四卷,内容主要记载金朝的奇闻异事。此处从《续夷坚志》中选录一则。

海　岛　妇

王内翰元仲集录[1]:近年海边猎人航海求鹘[2],至一岛,其人穴居野处,与诸夷特异,言语绝不相通。射之中,则扪血而笑[3]。猎者见男子则杀之,载妇人还。将及岸,悉自沉于水。他日再往,船人人执一妇,始得至其家。妇至此不复食,有逾旬日者,皆自经于东冈大树上[4]。元仲,黄华老人也[5]。

【注释】

[1]　王内翰元仲:王遵古,字元仲,金正隆五年(1160)进士,曾任翰林直

学士。集录：文集中记录。

[2] 鹘(hú)：隼，一种猛禽，可以捕猎。

[3] 扪(mén)：按，摸。

[4] 自经：自缢。

[5] 黄华老人：指王遵古之子王庭筠，金代文学家、书画家，号黄华山主。老人：父亲，指王遵古。此句意谓王元仲是王庭筠的父亲。

【评析】

《续夷坚志》的这篇故事采自金代王遵古的文集。航海求鹘的猎人来到一个陌生岛屿，以射击岛上的原住民为乐。不仅如此，他们还杀死岛上的男人、把女人掳掠回去。但这些女人显然不甘心当这些冷血者的猎物，纷纷投河而死。再次前往岛上掳掠妇女的猎人们吸取教训，终于将这些可怜的女人带了回来，但她们以绝食的方式表达自己的反抗，最后全部在东冈大树上自缢而死。作者似乎是在平静地叙述这一冷血的杀掠行为，但对人间真淳被无情破坏的痛惜与谴责却隐藏在字里行间。尤其是那些宁死不屈的女人，相对于冷血残酷的猎人，到底谁才是野蛮人呢？金朝灭亡后，元好问被囚数年。晚年重回故乡，隐居不仕，于家中潜心著述，以此表达对蒙元统治者的无声反抗。作为一个有气节的金朝遗民，那些宁死不屈的女人，一定让他觉得痛心，同时也让他钦佩。因此，元好问这里虽然是转述他人记录的故事，却是另有深意的。

元明清时期

诗 歌

熊 禾

熊禾(1253—1312),宋元之际文学家。初名鉌,字去非,号勿轩、退斋,建安(今福建建瓯)人。宋度宗咸淳十年(1274)进士,授汀州司户参军。宋亡后隐居武夷山,后归故里创办鳌峰书堂。为文根柢六经,论诗推重屈原、陶潜、杜甫,诗文均质朴平易,时寓忧愤。有《熊勿轩先生文集》。

上致用院李同知论海船

易经致民用,肇自羲农先[1]。耒耜既生聚,市易还懋迁[2]。公私不交病,本末无倒悬。古人致主术[3],称物靡有偏。厥初禹作贡[4],不但中邦田。四海自锡贡[5],不惮来远边。碣石来冀右,海岱青徐连。东南并淮扬,亦自江海沿。夫岂宝远物,有道归陶甄[6]。成周制国用,半在周官编[7]。虞衡与商贾[8],胡不末利捐。艰难开国心,什一犹欲蠲[9]。裒益固有道[10],公功格皇天。后儒不知学,说理多虚玄。生财昧大道,民命日益朘[11]。管商一作俑[12],蠹弊贻千年。渔盐尚抑末,奈何诱开阡[13]。怀清一以筑[14]，茕独堪哀怜[15]。封君擅半赋，公私重熬煎。寒机冻女手[16]，汗粒赪农肩[17]。织衣不上体，舂粟不下咽[18]。伤哉力田家，欲说涕泪涟[19]。何如弃之去，逐末利百千。矧此贾舶人[20]，入海如登仙。远穷象齿徼[21]，深入骊珠渊[22]。大贝与南琛，错落万斛船。取之人不伤，用之我何愆[23]。奈何昧轻重，屑屑穷算鞭[24]。锱铢较鹭股[25]，漏网鱼吞船。安得体国臣，为天掘玑璇[26]。上资国脉寿，下拯民瘼瘨[27]。朝夕禹贡志，菲食甘胝胼[28]。九载不入门[29]，千古孰与贤。更想公旦心[30]，待旦尤乾乾[31]。世俗吝与骄，曾不丝毫牵。所以泰和治，常在虞周前[32]。此道久已亡，利欲充培埏[33]。岂曰治不及，曾是心无传。明公中州杰，自是天分全。问学甚充厚，愿力还精坚[34]。溥物功不劳[35]，无欲心湛然[36]。维此一枢轴，实秉大化权。如天有北斗，物物归玑璇。帝念南海民，风化旧所宣。皇皇风霜节，炳炳奎壁躔[37]。纤微亦何浼[38]，阖散有大权。利用六府修[39]，制作九府圜[40]。古人不可作，得意皆蹄筌[41]。谁哉识治本，理此大化弦。三代事寂寞，念之中心悁[42]。书生武夷客[43]，偶此来海堧[44]。使者采风谣，诗歌寓惓惓[45]。

【注释】

[1] 羲农：伏羲和神农。《易传·系辞传》记载了伏羲、神农的事迹。

[2] 懋(mào)迁：贸易。

[3] 致主：致君，辅佐君主。

[4] 厥初：其初。禹作贡：《尚书·禹贡》记载的内容，一般被认为是禹时的贡赋制度。

[5] 锡贡：待天子有令而后进贡。

[6] 陶甄：制造陶器所用的旋盘，引申为陶冶、教化。

[7] 周官：《周礼》，记载了周代的礼制。

[8] 虞衡：据《周礼》，虞衡是掌管山林川泽之官。

[9] 什一：古代的税收制度，即十分税一。蠲(juān)：免除。

[10] 裒(póu)益：减少和增加。

[11] 朘(juān)：缩减。此处意为百姓受到剥削。

[12] 管商：管仲和商鞅，二人分别为春秋和战国时期的政治家，皆曾开展变法改革活动。管仲改革重视商业经济，商鞅改革则重农抑商。俑：古代殉葬用的木制或陶制的俑人。作俑，比喻首先做某件坏事的人。

[13] 开阡：开垦田地。阡，田间小路。

[14] 怀清：据《史记·货殖列传》记载，巴郡有寡妇，名清，继承先人之丹砂矿，富有家财，因此不受人欺负。秦始皇以清为贞妇而嘉奖之，为其筑女怀清台。

[15] 茕(qióng)独：孤独无靠之人。

[16] 寒机：冰冷的织机。

[17] 赪(chēng)：红色。赪农肩，指肩膀因负担重物而发红。

[18] 舂(chōng)：用杵臼捣去谷物的皮壳。粟(sù)：谷子，俗称小米。

[19] 涟：泪流不断貌。

[20] 矧(shěn)：况且，何况。

[21] 徼(jiào)：边境。

[22] 骊珠：骊龙之珠。据《庄子·列御寇》，海底骊龙颔下有宝珠。

[23] 愆(qiān)：罪过。

[24] 屑屑：刻意貌。算鞭：指国家的财税政策。

[25] 锱铢：古时钱的计量单位，锱为一两的四分之一，铢为一两的二十四分之一，后以锱铢比喻极其微小的数量。鹭股：鹭鸶腿上的肉，比喻很小。

[26] 玑(jī)璇(xuán)：指北斗星。此处喻权柄。

[27] 民瘼(mò)：民众的疾苦。瘨(diān)：灾害。

[28] 菲食：粗劣的饮食。胝(pián)胼(zhī)：手足上的老茧。

[29] 九载不入门：形容大禹治水之尽心尽力。

[30] 公旦：周公，周武王弟，姓姬名旦。

[31] 待旦：等待天明。乾乾：恭敬谨慎貌。此句形容周公勤于职事。

[32] 虞周：舜在位时期和周代。

[33] 培埏：培养，教育。

[34] 愿力：志愿和力量。精坚：精诚坚定。

[35] 溥(pǔ)物：兼济万物。

[36] 湛然：指内心安然淡薄。

[37] 奎壁：奎星和壁星，古代二十八宿中的星宿名，被视为天上的图

书之府。躔(chán)：天体运行的轨迹。

[38] 浼(měi)：污染。

[39] 六府：金、木、水、火、土、谷六物，古人以其为财货聚敛之所，乃人类生养之本。

[40] 九府：大府、王府、内府、外府、泉府、天府、职内、职金、职币等九个掌管财政的官署。圜(huán)：围绕。此句意指九府齐心协力。

[41] 蹄筌：语本《庄子·外物》："筌者所以在鱼，得鱼而忘筌；蹄者所以在兔，得兔而忘蹄。"蹄，捕兔的网；筌，捕鱼的竹器。蹄筌指事物或道理的表象。

[42] 中心：心中。悁(yuān)：忧郁。

[43] 书生：诗人自指。武夷客：来自武夷山地区的客人。武夷，山名，在诗人故乡福建南平，故其自称武夷客。

[44] 海堧(ruán)：海边。

[45] 惓(quán)惓：恳切诚挚貌。

【评析】

致用院为元大德年间设置的管理市舶司的政府机构，同知即致用院的副长官。这是熊禾上呈李同知探讨海洋贸易价值的诗。诗人先对古代传统的贡赋制度和财税政策进行回顾，认为上古时期的统治者爱惜民力，赋税不重。后人不理解前人之用心，通过一系列缜密的财税制度榨取民脂民膏，导致百姓生活困苦。接下来，诗人发表自己的看法，认为与其通过严苛的财税制度盘剥百姓来获得财富，不如发展海洋贸易向外求财。海洋贸易获得的收入，既可资国用，又可救民瘼，可谓一举两得。在诗歌最后，诗人以大禹和周公的事迹激励主管海洋贸易的李同知，希望他能够继承先贤的为民之心，利用自己的职权，为国为民谋利。诗人通过言事说理表达自己的看法，明显具有议论为诗的倾向。作为理学家，诗人的议论体现了"为天地立心，为生民立命，为往圣继绝学，为万世开太平"的自觉意识。中国古代以农为本，以商为末，强调重农抑商，崇本抑末。因此，对于商业贸易一直保持警惕，尤其是涉及海外交往的海洋贸易，时常受到统治者的限制。熊禾虽然是道学家，深受传统思想的影响，但并不固步自封。他能够肯定海洋贸易的价值，在当时是难能可贵的。

戴 良

戴良(1317—1383),元代文学家。字叔能,号云林、九灵山人,浦江(今属浙江)人。初任月泉书院山长,至正中授淮南江北等处行中书省儒学提举。后至吴中依张士诚。元亡后,隐居四明山。明太祖召入京,欲与之官,托病固辞,忤旨待罪,自裁于京中寓所。戴良博通经史,工诗擅文,因身逢乱世,其诗文多磊落抑塞之音。有《九灵山房集》。

渡黑水洋

舟行五宵旦[1],黑水乃始渡。重险讵可言[2],忘生此其处。紫氛蒸作云,玄浪蹙为雾[3]。柁底即龙跃[4],橹前复鲸怒。掀然大波起,欻与危樯遇。入水访冯夷[5],去此特跬步[6]。舟子尽号泣[7],老篙亦悲诉。呼天天不闻,委命命何据。川后幸戢威[8],风伯并收驭[9]。偶济固云喜,既往益增惧。居常乐夷旷[10],蹈险忧覆坠[11]。出处愧宿心[12],祸福昧前虑[13]。皎皎乘桴训[14],持用慰情素[15]。

【注释】

[1] 宵旦：晚上和早晨，指一天。

[2] 重险：重重艰险。讵(jù)：岂。

[3] 蹙(cù)：收缩。

[4] 柁(duò)：同“舵”，即船舵。

[5] 冯夷：河伯，传说中的黄河之神。

[6] 跬(kuǐ)步：半步。

[7] 舟子：船夫。下句的“老篙”指老年船夫。

[8] 川后：水神。戢(jí)：收敛，停止。

[9] 风伯：风神。

[10] 居常：平常。夷旷：平坦宽旷。

[11] 蹈险：历险，指此次航海。覆坠：倾覆坠落。

[12] 出处：出仕和退隐。宿心：向来的心愿。

[13] 昧：违背。前虑：意同“宿心”。

[14] 皎皎：清晰明白貌。乘桴训：《论语·公冶长》记，孔子曰：“道不行，乘桴浮于海。”

[15] 情素：情愫，情感。

【评析】

黑水洋是宋元时期黄海的别称，因海水呈深蓝色，茫茫一片如黑色的汪洋，故名。此诗即戴良记述自己离吴赴登州、莱州时渡黄海的经过和感受。开篇四句点题，总写渡海之艰险与难忘。中间十四句详细记录渡海时的所闻所见。海上云雾变幻，波浪滔天，鱼龙潜跃，凶险异常，连常年在海上航行的舟人也号泣不已。诗人自觉危在旦夕，因此叫呼天地，慨叹命运。幸好风息浪止，躲过一劫。末四句乃诗人结合时事和个人遭际所发的感慨。戴良在乱世中心系元廷，之所以冒险渡海，就是打算经黄海在山东半岛的登州、莱州等地登陆，投奔元朝。是时各地起义军蜂起反元，天下扰攘。诗人此行依违于出处之间，前途难测，祸福未卜，于是只能以孔子“道不行，乘桴浮于海”的古训聊以自慰。全诗以渡海的凶险隐喻乱世中个人不能自主的命运，是动乱时代知识分子内心的真实写照。

朱元璋

朱元璋(1328—1398),即明太祖,1368—1398年在位。幼名重八,又名兴宗,后改名元璋,字国瑞,濠州钟离(今安徽凤阳)人。幼年贫穷,曾入皇觉寺为僧。元至正十二年(1352)参加郭子兴部红巾军,反抗元朝暴政,逐渐成长为起义军领袖。1368年称帝,国号明,年号洪武,定都应天(今南京)。同年攻克大都(今北京),推翻元朝统治,后逐渐统一全国。朱元璋虽文化水平不高,但留存的一些诗文颇具特色。

沧浪翁泛海

海天漠漠际无穷,巨舰樯高挟两龙[1]。帆饱已知风力劲[2],舵宽方觉水声雄[3]。鳌鱼背上翻飞浪,蛟蜃鬐头触见虹[4]。何日定将归泊处,也应系缆水晶宫[5]。

【注释】

[1] 挟两龙:语本屈原《九歌·河伯》:“乘水车兮荷盖,驾两龙兮骖螭。”这里形容航行的巨大声势。

[2] 帆饱:张满帆。

[3] 雄:形容水势猛,水声大。

[4] 鬐(qí):马的鬃毛。此处指鱼的背鳍。

[5] 水晶宫:传说海里龙王所住的宫殿。

【评析】

朱元璋的诗歌虽然不多,且大多短小通俗,却往往具有帝王气象,能在字里行间体现臣服万物、笑傲天下的霸气和雄心。这首诗歌也具有同样的特点。此诗语言较为通俗,但境界博大。其中描写泛海的景象,巨舰高樯,饱帆宽舵,鳌背飞浪,鬐头触虹,给人一种天风海雨逼人的巨大气势。作者自己意气风发的豪迈和征服天下的雄心壮志,也通过诗中一系列夸张的手法表现出来。

高　启

高启(1336—1374),明代诗人。字季迪,号槎轩、青丘子,长洲(今江苏苏州)人。早年与王行、徐贲、高逊志、唐肃、宋克、余尧臣、张羽、吕敏、陈则等十人诗酒唱和,号"北郭十友"。后与杨基、张羽、徐贲齐名,并称"吴中四杰"。明洪武初召修《元史》,授翰林院国史编修。寻擢户部右侍郎,固辞放还。后苏州知府魏观于张士诚宫址上修复府衙被诛,高启因为其撰《上梁文》受到牵连,被腰斩处死。高启才华高逸,能文能诗,豪放清逸。有诗集《高太史大全集》,文集《凫藻集》,词集《扣舷集》。

登海昌城楼望海

百川浩皆东,元气流不息。混茫自太古[1],于此见容德。积阴涨玄涛,万里失空色。鸿鹄去不穷[2],鱼龙变莫测。朝登兹楼望,动荡豁胸臆[3]。始知沧溟大,外络九州域。日出水底宫,烟生岛中国。宽疑浸天烂,怒欲吹地昃[4]。常时烈风兴,海若不受职[5]。长堤此宵溃,频劳负薪塞。况今艰危际,民苦在垫溺[6]。有地不可居,澒洞风尘黑[7]。安得击水游,图南附鹏翼[8]。

【注释】

[1] 太古:上古。

[2] 鸿鹄:大雁和天鹅。

[3] 豁胸臆:开阔心胸。

[4] 昃(zè):偏移。

[5] 海若:海神。不受职:失职。

[6] 垫溺:被水淹没。

[7] 澒洞:水势汹涌貌。

[8] 此句用《庄子·逍遥游》中鲲鹏的典故。见前《庄子》选文。

【评析】

海昌即今天的浙江海宁,诗则为高启登海昌城楼望海时所作。与传统望海诗不同的是,作者于海昌城楼上观海,见风起云涌、潮水澎湃、天容失色,不但没有心生畏惧,反而觉得心胸开阔,乃至生发出像《庄子·逍遥游》中的鲲鹏那样击水图南的想法。至于为什么有这样的想法,作者在诗中点出了原因:“况今艰危际,民苦在垫溺。有地不可居,澒洞风尘黑。”意思是说,陆地上的人间动乱不堪,民生多艰,已经不适合居住和生活了,因此有必要重新寻找一片乐土。高启生活在元末明初,处于朝代更迭、社会动荡之际,也许正是这样的经历,让他在望海之时生发了出世远游的想法。

秦　金

秦金(1467—1544),明代大臣。字国声,号凤山,常州府无锡(今江苏无锡)人。弘治六年(1493)进士,历任河南提学副使、右参政、湖广巡抚、南京兵部尚书等职。著有《凤山奏稿》《抚湘政要》《凤山诗集》《通惠河志》《安楚录》等。秦金天资过人,诗文在当时颇有影响。

海　市

晴云昼护蓬莱岛,海上清风翠螺小[1]。烟波万里驾沧溟,蓦地神工炫奇巧[2]。珠宫贝阙宝藏兴,恍惚阛阓移山城[3]。八千世界苍龙窟,十二楼台白玉京[4]。芙蓉秀出孤松岭,亭子分明傍仙境。气化细缊有倏无[5],万象荡摩皆幻影[6]。高阁乘风此望洋[7],乾坤吾道心茫茫。杂俎披奇竟何补[8],夷坚志怪诚荒唐[9]。异哉海市何人传,岁寒健笔惊坡仙[10]。谁知兹祥非偶然,一雨三日占丰年[11]。海市之名今更显,柱史文章光琬琰[12]。

【注释】

[1]　翠螺:青螺,古人常用以比喻远望之青山。刘禹锡《望洞庭》云:“遥望洞庭山水翠,白银盘里一青螺。”

[2]　蓦地:忽然。炫:夸耀。

[3] 阛(huán)阓(huì):街市。

[4] 十二楼台:神话传说中的仙人居处。《史记·封禅书》:"黄帝时为五城十二楼,以候神人于执期,命曰迎年。"

[5] 细(yīn)缊(yūn):同"氤氲",云烟弥漫貌。倏:极快地,忽然。

[6] 荡摩:亦作"荡磨",指相切摩而变化。

[7] 望洋:连绵词,仰头远视貌。见前《庄子·秋水》选文。

[8] 杂俎:唐代段成式所著的笔记小说集《酉阳杂俎》,内容多涉奇闻轶事与异域珍异之物。

[9] 夷坚:宋代洪迈所著的笔记小说集《夷坚志》。

[10] 坡仙:苏轼,号东坡居士。苏轼有《登州海市》诗,选文见前。

[11] 占:占卜,预兆。

[12] 柱史:柱下史,古代官名,泛指朝官。柱史文章,指苏轼《登州海市》诗。琬(wǎn)琰(yǎn):美玉,此处用以形容苏轼文词之美。

【评析】

作者在海边游赏,本来是清风晴云的好天气,突然之间烟波荡漾,出现海市奇观。海市中有宫殿城阙,有亭台楼阁,栩栩如生,变化万端,恍若仙境。然而如此的奇观,转瞬间就随风荡灭,无影无踪,让诗人望洋兴叹,感慨万千。诗人认为前代《酉阳杂俎》和《夷坚志》等书所记的奇闻异事,皆无足称道,因为它们无法被证实,而海市的奇观却是诗人亲见,绝非子虚乌有。于是诗人想到了苏轼的《登州海市》一诗,并为自己能和苏轼一样见到海市奇观而庆幸。此诗用华丽的辞藻描写海市蜃楼的神秘境界,以前人与此相关的精彩之文呼应眼前的虚幻之景,二者相得益彰,表达了作者观看海市奇观的兴奋之情。

俞大猷

俞大猷(1503—1579),明代抗倭名将。字志辅,福建晋江(今福建泉州)人。起自百户,历参将、总兵,官至都督佥事。倭寇侵扰东南时,他转战江浙闽粤,屡立战功,与戚继光齐名,并称“俞龙戚虎”。万历八年(1580)乞归,卒于家。有《剑经》《洗海近事》等军事著作。亦擅诗,多抒发忧国忧民之情与济世报国之志,感情豪迈。后人集其诗为《正气堂集》。

舟　　师

倚剑东溟势独雄[1],扶桑今在指挥中[2]。岛头云雾须臾净,天外旌旗上下冲。队火光摇河汉影[3],歌声气压虬龙宫[4]。夕阳景里归篷近[5],背水阵奇战士功[6]。

【注释】

[1]　东溟:东海。

[2]　扶桑:古代日本的代称。此处代指倭寇。

[3]　队火:战船上的炮火。

[4]　虬龙宫:海底的龙宫。此处喻指倭寇的巢穴。

[5]　景:通“影”。归篷:归帆。

[6] 背水阵：背水列阵。韩信破赵，背水一战，事见《史记·淮阴侯列传》。

【评析】

明嘉靖朝后期，倭寇频频侵袭我国东南沿海，烧杀抢掠，危害甚大。明朝廷命俞大猷与戚继光率兵进剿，二人屡建战功，沉重打击了倭寇的嚣张气焰。与戚家军一样，俞大猷所率军队被称为俞家军，令倭寇闻风丧胆。俞家军之能征善战，于此诗中可见一斑。诗歌首联写水军严阵以待的雄伟气势，表现水军将士胜券在握的高昂斗志。颔联则以云雾弥漫和旌旗猎猎的场面，烘托了战前的紧张气氛。颈联紧承上联进一步描写炮火纷飞、杀气冲天的战斗场景。尾联写水军战士凯旋，歌颂了他们的战功。全诗完整记述了一次抗倭战斗的全过程，气势磅礴，意境雄阔，展现了水师将士的英雄气概，表达了作者彻底歼灭倭寇的坚强信念。

高　兆

高兆(约1615—约1665),清代诗人。字云客,号固斋,福建侯官(今福建福州)人。幼随父求学江左,遭丧乱还乡,曾在福建巡抚幕内任职。高兆工诗擅文,与彭善长、陈日浴、卞鳌、曾灿烜、林伟、许友等并称"闽中七子"。为人兴趣广泛,辑有《续高士传》《端溪砚石考》等。

荷兰使舶歌

乙巳冬十月[1],铃阁日清秘[2]。抚军坐筹边[3],颇及荷兰事。幕下盛才贤,共请窥其使。连骑出城隅,江声来澌濞[4]。横流蔽大舶,望之若山坠。千重列楼橹,五色飘幡帜[5]。飞庐环木偶,层槛含火器。画革既弥缝[6],丹漆还涂塈[7]。叩舷同坚城,连锁足驰骑[8]。伫立望崇高[9],真非东南利[10]。某也亦宾客[11],縋藤许登跂[12]。番儿候雀室[13],探首如鬼魅。摄衣升及半[14],火攻炫长技[15]。烟雾横腰合,雷电交足至。译使前致词[16],此其事大义[17]。其上容千人,方车矧并辔[18]。其人各垂手,周行若沉思[19]。中央匮指南[20],枢纽浮天地[21]。铁轴夹其间[22],凌云百丈植[23]。七帆恒并张,八风无定吹。沓施如网罗[24],坐卧引猿臂[25]。下观空洞底,委积于焉寄[26]。悬釜炽饮食[27],载土滋种莳[28]。但可叹博厚,安能测远邃。舶师亦国臣[29],逢迎慰临莅[30]。坐我卧榻旁，氍毹足明媚[31]。雕椽障玻瓈[32]，悬桁垂卣觯[33]。发笥云葡萄[34]，洗盏注翡翠[35]。高泻成贯珠，传饮劝沾醉。银盘荐瓜蔬[36]，风味颇浸渍[37]。岂欲倾其酿，因之穷审视。明明簪笔边[38]，半卷有文字。绘事江海迹[39]，水道何太备。岛屿分微茫，山川入详委[40]。观图见包藏[41]，宁惟一骄恣。上马大桥头，目送增忧惴[42]。呜呼通王贡，讵可忘觊伺[43]。周防勿逡巡[44]，公其戒将吏[45]。飏去势已形[46]，礼义不足饵[47]。

【注释】

[1]　乙巳：康熙四年，公元1665年。

[2]　铃阁：使府、帅府之雅称，这里指巡抚衙门。清秘：清静，肃穆。

[3]　抚军：巡抚，清代管理一省的最高长官。筹边：筹划边防事务。

[4]　澎(pēng)濞(pì)：水波相激声。

[5]　幡帜：旗帜。

[6]　画革：这里指船身的铁甲。弥缝：缝合。

[7]　涂塈(xì)：涂抹。

[8]　驰骑：骑马而行，形容船上甲板之大。

[9]　崇高：此处指荷兰使舶。

[10]　真非东南利：意指荷兰的先进军舰对东南沿海存在很大威胁。

[11]　某：诗人自称。宾客：巡抚的幕僚。

[12]　缒(zhuì)藤：放下悬梯。登跂(qǐ)：这里指上船。

[13]　番儿：旧时对外国人的蔑称，此处指荷兰人。雀室：船顶的瞭望台。

[14]　摄衣：用手撩起衣服。

[15]　火攻：这里指荷兰使船开炮，炫耀武力。

[16]　译使：荷兰的翻译官。前致词：上前说话。

[17]　此其事大义：开炮只是一种表示欢迎的礼仪。

[18]　矧(shěn)：况且。并辔(pèi)：两马并行。辔，马的缰绳。

[19]　周行：来回踱步。

[20]　匮：同“柜”，这里指安装。指南：指南针。

[21]　浮天地：比喻高大。

[22] 铁轴:指船上的桅杆。

[23] 植:竖立。

[24] 沓施:重复布列。

[25] 引猿臂:伸着长手臂,指操纵。

[26] 于焉:于此,在这里。

[27] 釜:锅。炽:烧煮。

[28] 种莳(shì):栽种。

[29] 舶师:指船长。国臣:国家官员。

[30] 逢迎:接待。临莅:莅临,光临。

[31] 氍(qú)毹(shū):同“氍毹”,毛织的地毯。

[32] 雕棂:带花纹的窗格子。玻瓈:同“玻璃”。

[33] 桁(héng):门窗框上的横木。卣(yǒu)觯(zhì):盛酒的器皿。

[34] 发笥(sì):打开箱子。葡萄:指葡萄酒。

[35] 注翡翠:向杯中倒酒。

[36] 荐:进献。

[37] 浸渍:瓜果蔬菜味道可口。

[38] 簪(zān)笔:古代插笔于冠或笏,以备书写记事。

[39] 绘事江海迹:指船上的航海图。后三句皆描写此图。

[40] 详委:详尽。

[41] 包藏:包藏祸心。

[42] 忧惴:忧心。

[43] 讵:岂。觊伺:觊觎,窥伺。

[44] 周防:周密防备。逡巡:犹豫,迟疑。

[45] 公:指开头提到的巡抚。戒:告诫。

[46] 飏(yáng)去:《后汉书·吕布传》记,“譬如养鹰,饥即为用,饱则飏去”。比喻怀有野心的人不易控制。形:显露。

[47] 饵:钓鱼用的鱼食,此处意为安抚。

【评析】

荷兰是明末清初与中国交往最密切的欧洲国家,于明熹宗天启四年(1624)侵占我国台湾岛。此后,荷兰以台湾岛为基地,发展与明清朝廷和日本等国的贸易关系。清顺治十八年(1661),郑成功率军击败荷兰人,收复台湾。后荷兰人与清廷结盟,数度联军攻打台湾。客观来讲,清廷希望收复台湾,实现统一,目的是正义的,但他们借助原本为侵略者的荷兰人的军事力量,则是引狼入室。高兆这首记述参观荷兰使船的诗,一方面描写了荷兰使船的先进装备;另一方面也认识到西方国家的船坚炮利对中国存在极大威胁,要求朝廷对他们的狼子野心提高警惕、严密防范。后来发生的鸦片战争等事实也说明,高兆是很有预见性的。作者对荷兰使船的装备详细地进行记录,既感叹西方坚船利炮的威力,同时也抱着"讵可忘觊伺"的心态加以审视,并对主政的官员提出告诫,体现了诗人忧国忧民的一片赤忱。

吴嘉纪

吴嘉纪(1618—1684),明末清初诗人。字宾贤,号野人,扬州府泰州(今属江苏)人。出身盐民家庭,为明末诸生,入清后不仕,隐居家乡,名所居曰“陋轩”。工于诗,其诗多反映盐民所受盘剥之苦,当时被誉为“盐场今乐府”。有《陋轩诗》。

海　潮　叹

飓风激潮潮怒来[1],高如云山声似雷。沿海人家数千里,鸡犬草木同时死。南场尸漂北场路[2],一半先随落潮去。产业荡尽水烟深,阴雨飒飒鬼号呼。堤边几人魂乍醒[3],只愁征课促残生[4]。敛钱堕泪送总催[5],代往运司陈此情[6]。总催醉饱入官舍,身作难民泣阶下。述异告灾谁见怜[7]?体肥反遭官长骂。

【注释】

[1] 飓风:这里指沿海地区的台风。

[2] 场:盐场,制盐之所。

[3] 堤:捍海堤坝。沿海地区为抵御海水侵蚀,常筑堤坝防护。

[4] 征课:朝廷的赋税。促:逼迫。

[5] 敛钱:凑钱。总催:旧时总管催征钱粮的乡里职役。

［6］ 运司：盐运使司的省称。陈此情：陈述灾情。

［7］ 述异告灾：盐民讲述飓风、海潮侵蚀盐场所受的灾害。

【评析】

古代乐府诗讲究“感于哀乐，缘事而发”，贴近现实生活，表达生活中的喜怒哀乐。尤其是在杜甫、白居易等人的新题乐府创作之后，乐府诗进一步强化了反映现实和针砭时弊的力度。因此，乐府诗向来具有反映民生的传统。吴嘉纪反映盐民生活的诗歌被誉为“盐场今乐府”，继承了前代乐府诗的优良传统，对盐民的苦痛有集中的反映，这首《海潮叹》堪称其中的代表。康熙四年(1665)七月，今江苏北部沿海地区遭到飓风袭击，潮水涌入沿海的盐场，导致盐民死伤数万人。诗人目睹盐民惨状，遂创作了此诗。全诗十六句，可分为两层。前八句写台风造成的惨状，可谓是天灾。后八句写劫后余生的盐民不但无人帮扶赈济，反而还要缴纳赋税。官员们无心为民请命，他们的醉饱官舍与难民们泣于阶下形成强烈对比，堪称人祸。人祸甚于天灾，盐民们的苦痛由此可见一斑。清人陆廷抡评吴嘉纪诗云：“吴子之以诗为史也。”由这首《海潮叹》观之，可谓的评。

翁方纲

翁方纲(1733—1818),清代文学家、书法家、金石学家。字正三,号覃溪,晚号苏斋,直隶大兴(今属北京)人。乾隆十七年(1752)进士,授编修。历督广东、江西、山东三省学政,官至内阁学士。书法与刘墉、梁同书、王文治齐名。论诗主"肌理说",为一代诗坛领袖。有《复初斋诗集》《复初斋文集》等。著有《西汉金石记》《汉石经残字考》《石洲诗话》等金石、诗学著作。

渡海中流作

海山正青海水黑,水间十丈水花白。千顷万顷烟茫茫,东见扶桑一痕碧。云影倒漾为沙滩[1],云气却起作岭岚[2]。谁言水与天一色,天转如墨水转蓝。须臾急雨来冥冥[3],连天连海合众形。风帆沙鸟那复辨,滔滔浩浩浑一青。日光俄截云脚断,始识中流大洋半。长风一霎鼓帆来,椰子林青指南岸。

【注释】

[1] 倒漾:倒影在水中荡漾。

[2] 岭岚:山岭上的云气。

[3] 冥冥:雨深广貌。

【评析】

翁方纲曾在广东担任十多年的督学，本诗应是他从广东渡琼州海峡赴海南时所作。诗歌按照航行的路线描写了诗人渡海途中所见的自然景色。既描写了大海平静时的水中云影，又描写了风雨起时的海浪滔滔；既描写了急风暴雨时的雄浑气象，又描写了雨过天晴时的明丽景色；既有粗笔的远景勾勒，又有细致的近景刻画。通过客观的景物描写，间接地表现了诗人的情感在航行途中的变化。此诗的一大特点是色彩繁复。开头四句写大海的辽阔深远，连用青、黑、白、碧等四个醒目的色彩。七、八句写水天变色，又用墨、蓝两种色彩加以形容。十一、十二句写不辨风帆沙鸟，又以一色浑青予以点化。海途行程的转移伴随着诗人眼中色彩之变化，景色的描写让人觉得醒豁。

黄遵宪

黄遵宪(1848—1905),清末诗人、外交家。字公度,号人境庐主人,广东嘉应(今广东梅州)人。光绪二年(1876)举人,历任驻日、英参赞及驻美国旧金山、新加坡总领事。官至湖南长宝盐法道、署按察使。黄遵宪工诗,是晚清“诗界革命”的旗帜。其诗多写国内外重大历史事件和新事物、新知识,形式多样,语言通俗明畅。有《人境庐诗草》《日本杂事诗》《日本国志》等。

哀旅顺

海水一泓烟九点[1],壮哉此地实天险。炮台屹立如虎阚[2],红衣大将威望俨[3]。下有深池列钜舰[4],晴天雷轰夜电闪。最高峰头纵远览,龙旗百丈迎风飐[5]。长城万里此为堑[6],鲸鹏相摩图一啖[7]。昂头侧睨视眈眈[8],伸手欲攫终不敢[9]。谓海可填山易撼[10],万鬼聚谋无此胆[11]。一朝瓦解成劫灰[12],闻道敌军蹈背来[13]!

【注释】

[1] 一泓(hóng):一片。九点:中国古时分为九州,从天上俯视大地,如同九点烟尘。此句化用李贺《梦天》诗句:“遥望齐州九点烟,一泓海水杯中泻。”

［2］ 虎阚（kàn）：虎怒视貌。语本《诗经·常武》："进厥虎臣，阚如虓虎。"

［3］ 红衣大将：红衣大炮，明末清初仿荷兰炮而制造的一种火炮。俨：庄重威严。

［4］ 深池：指港口船坞。钜，同"巨"。

［5］ 龙旗：清朝的国旗。飐（zhǎn）：迎风飘展。

［6］ 堑（qiàn）：防御用的深沟。

［7］ 鲸鹏：喻帝国主义列强。相摩：相互争夺。噉（dàn）：同"啖"，吃。此处指吞并、占领。

［8］ 睨（nì）：斜视。眈眈：虎视眈眈，意指列强心怀不轨。

［9］ 攫（jué）：抓取，这里指侵占。

［10］ 撼：摇动。

［11］ 万鬼：指帝国主义列强。

［12］ 劫灰：劫火余灰，这里指旅顺的陷落。

［13］ 蹈背来：从背后而来。

【评析】

旅顺，又称旅顺口，位于辽东半岛南端，地势险要，与山东半岛之威海卫共扼渤海湾门户，为北洋海军基地。光绪二十年(1894)冬，日寇围攻旅顺，清朝守军主帅不战而逃，导致军心涣散，仅有少量残兵参与抵抗。不久旅顺失守，日军屠城数日，滥杀手无寸铁的平民两万余人，制造了震惊世界的旅顺大屠杀惨案。消息传来，诗人悲痛异常，愤然写下了这首《哀旅顺》。此诗前十四句极言旅顺港地势之壮险、战备之精良、军威之雄壮。最后两句陡然逆转，写固若金汤之旅顺军港毁于一旦，于大起大落中寄托了诗人的无限哀惋。其情感颇类杜甫《悲陈陶》中"孟冬十郡良家子，血作陈陶泽中水。野旷天清无战声，四万义军同日死"的悲痛，堪称史诗般的笔法。诗歌虽未直接描写战争，也没有涉及对战争的评价，但"闻道敌军蹈背来"一句，委婉含蓄地揭示了旅顺失陷的原因，表达了诗人对清廷腐败和将帅无能的强烈不满与谴责，寄寓了诗人的悲愤之情。

康有为

康有为(1858—1927),近代思想家、维新派领袖。原名祖诒,字广厦,号长素,又号更生,广东南海(今广东佛山)人。早年研究传统儒学,后转西学,开万木草堂讲学,梁启超、陈千秋等人皆其弟子。光绪十九年(1893)举人,两年后进士及第。数次上书光绪帝,力主变法图强。光绪二十四年(1898)与梁启超等人发起戊戌变法,失败后流亡日本、欧美、东南亚等地,民国十六年(1927)病逝于青岛。康有为学贯中西,学术、诗文、书法皆有建树。有《新学伪经考》《大同书》《康南海先生诗集》等,今人辑有《康有为全集》。

五度大西洋放歌

浩浩乎浮天渺无涯,洪波如山,蛟龙是家。翻压巨舰,樯折众哗。四海皆汪洋,西洋尤深鲸鼍拿[1]。严冬无风不可渡,老鼋吹浪白日遮[2]。东罗美洲,西限欧罗巴[3]。北浮坤兰接冰海[4],时有雪山流出照霓霞。南通南极不可到,莽莽囊括非利加[5]。迩来千百万亿载,岂经人迹一泛槎。美洲大陆十万里,朊朊原野莽烟花[6]。落机母山安底斯[7],只有丫士惕人种之所家[8]。岂有文明开新地,只循太平洋岸捕鱼虾。秘墨遗文久灭绝[9],但余破殿供摩挲。若无科仑布[10],岂睹电灯汽道照云霞。骤然辟新无限土，动植繁怪可惊呀。世久人多国土窄，资此移植民富加。南美巴西阿根廷，丰原万里蔽榛蛇。长流潏潏亚马孙[11]，护溉神皋饶仙葩。驾非烟蓝乃土产[12]，可移百谷种桑麻。吾国生繁养不足，殖民寻地吾久查。乐土乐国无如此，廿年纬繣久咨嗟[13]。航海誓开新国土，移吾种族新中华。虽知此愿未易就，指图向若吾先夸。呜呼！天地无尽藏，冒险勇往鬼神诃[14]。噫嘻！科仑布之功，酾酒赞叹岂有他。五度西洋如庭户[15]，侧身望洋频叹嗟。

【注释】

[1] 鼍(tuó)：鼍龙，古代神话传说中的一种龙，俗称"猪婆龙"，一般认为是扬子鳄。

[2] 鼋(yuán)：海中大鳖。

[3] 欧罗巴：欧洲。

[4] 坤兰：格陵兰岛。冰海：北冰洋。

[5] 非利加：非洲。

[6] 肮(ruǎn)：蛋白质的旧称。肮肮，形容土地肥沃。

[7] 落机母山：北美洲的落基山脉。安底斯：南美洲的安第斯山脉。

[8] 丫士惕人：印第安人。

[9] 秘墨：秘鲁与墨西哥。

[10] 科仑布：哥伦布。

[11] 潏(jué)潏：水涌出貌。亚马孙：亚马逊河。孙，通"逊"。

[12] 驾非：咖啡。烟蓝：烟草，原产于美洲。

[13] 廿(niàn)：二十。纬(wěi)繣(huà)：乖戾不合。咨嗟：叹息。

[14] 诃(hē)：大声斥责。

[15] 庭户：庭院。

【评析】

戊戌变法失败后，作为变法主导者的康有为逃亡海外。十余年的时间，他游历三十多个国家，行程六十万里。在这一过程中，康有为考察世界各国的政治、经济、地理和社会文化，眼界大开，他的很多诗文都涉及海外世界的描写。这首长诗是其中的代表作。作者开篇描写大西洋洪波巨浪的壮阔气势，接着对欧美等国的自然人文状况做提纲挈领的概括，在此基础上推赞哥伦布发现新大陆的开创之功。作者亲眼感受到自哥伦布开通新航线后，欧美地区通过航海贸易或殖民活动，获得了巨大利益，使得国家富强起来。他认为这对中国是有益的启示，于是生发出“航海誓开新国土，移吾种族新中华”的想法。康有为试图学习西方的海外殖民行为当然不可取，但作者这种开眼看世界的自觉意识难能可贵，这与他自己变法图强的理念也是一致的。此诗纵横捭阖，气势宏大，虽然采用的是传统的歌行体，但由于引入了很多新词汇来描写异域人文景色，让人有耳目一新之感。

梁启超

梁启超(1873—1929),近代维新派领袖、学者。字卓如,号任公,又号饮冰室主人,广东新会(今广东江门)人。光绪十五年(1889)举人。早年学习传统学术,后师事康有为,一起发动“公车上书”,参与变法图强。戊戌政变后流亡海外,辛亥革命后归国,曾参加北洋政府。晚年讲学于清华学校(今清华大学),以新眼光研究古代文化,著述涉及政治、经济、哲学、历史、语言、宗教及文化艺术、文字音韵等,开近代学术研究之新风气。梁启超倡导文体改良的“诗界革命”和“小说界革命”,一生著述极丰,合编为《饮冰室合集》,今人辑有《梁启超全集》。

太平洋遇雨

一雨纵横亘二洲[1],浪淘天地入东流。却余人物淘难尽[2],又挟风雷作远游。

【注释】

[1] 亘(gèn):横贯。二洲:亚洲与美洲,中间隔着太平洋。

[2] 却余:“劫余”,谓灾难之后。

【评析】

光绪二十四年(1898)六月十一日,康有为、梁启超等人发起戊戌变法改革运动;九月二十一日,慈禧太后发动政变,光绪帝被囚,康有为、梁启超分别逃往国外,谭嗣同等“戊戌六君子”被杀,历时一百余天的变法宣告失败。梁启超此诗即写于次年流亡美洲的海船之上。首两句描写了太平洋上大雨磅礴、海天茫茫的景象。雨亘二洲,浪淘天地,气象壮阔,但也给人迷惘之感。联系作者当时的处境,此情此景实是作者变法失败后内心愁闷和情感压抑的投射。后两句写作者从迷惘和愁闷的情绪中抽身而出。“却余人物淘难尽”一句反用苏轼《念奴娇·赤壁怀古》中“大江东去,浪淘尽,千古风流人物”的名句,既暗喻了政治变动的血雨腥风对维新人士的迫害,又表达了自己坚持改革理念不动摇的决心。末句中所谓的“风雷”,即作者斗志不息的内心写照。整首诗托雨写志,由平常之景带出不平常之情,气度恢弘,境界阔大,自有一种轩昂雄浑的气势在其中。

辞　　赋

黄宗羲

黄宗羲(1610—1695),明清之际思想家、史学家。字太冲,号南雷,学者称为梨洲先生,余姚(今属浙江)人。明末"东林七君子"之一的黄遵素之子。明末曾在浙东一带组织抗清活动,明亡后隐居不出,以著书讲学为业。学问渊博,对天文、算术、乐律、经史百家及释道之书皆有研究。著有《宋元学案》《明儒学案》《明夷待访录》《南雷文案》《易学象数论》等,后人编有《黄梨洲文集》。

海　市　赋

余登达蓬山望海[1],山僧四五人,皆言春夏之交,此地特多海市,各举所见,与图画传闻者绝异[2]。盖传闻者多言蜃气烛天[3],影象见于空中,岂知附丽水面[4],以呈谲诡[5]。言者不出云气仿佛[6],岂知五采历落[7],刻露秋毫[8]。东坡在登州,以岁晚得见为奇[9],然霜晓雾后往往遇之,亦不必拘拘于春夏也。信耳信目,自有差等[10]。山僧约明年三四月来宿其舍,海神当不余弃。先次第其言而赋之。

己酉之冬[11]，观海达蓬。山僧四五，指点空濛[12]，曰："滨海之地不一，兹独当夫神宫也[13]。光怪发作，亦何人而不逢！但称登州之海市者，盖不免于瞽聋[14]。"

余曰："各言其状。"

木源曰[15]："其为城也，雉堞崔嵬，丽谯暐晔[16]；三里七里，勾股可摄[17]；于焉戎马，乘城蹀躞[18]；照白窈骊[19]，雨鬃风鬣。俨烽火之告严[20]，危黑云之将压。其为楼也，蹇产百尺[21]，成以鬼巧[22]；绮窗朱琐，明星萦绕；神妃杂遝[23]，凭阑渺渺；其语可闻，若在妆晓[24]。有时而现为黄幄，深檐婀娜，绣带悠扬；何采旄桂旗之尽屏[25]，兹特叠出以为章[26]。"

汪道者曰："亦有单门聚落[27]，忽然而来；屋瓦参差，门户洞开。嗟朝烟之不起，岂井臼之生埃[28]；固职方所不纪[29]，亦战争所不灾。"

续宗曰："当旭日之初高，有霜钟之寓质[30]；制宏万石[31]，音谐七律[32]；藏寂寞之元声，虽满盈而不出。少焉变为城郭，中引长桥；值刺史之行部[33]，或中丞之入朝[34]；鸣笳列驺[35]，夹毂喧嚣[36]；何珠宫贝阙，而以卤簿宣骄[37]。其后幻为染肆[38]，绿沉红浅，罗绮缤纷；借霞天以为色，蒸香草而成文；彼蜀江之濯锦[39]，信天人之攸分。[40]"

补陀僧曰："橘柚初黄，飒然风叶，览观大洋，涌起宝塔。四面勾栏，七重鞓鞳[41]。华瞩风涛[42]，光交目睫，遇其变现，状若鹦螺[43]；琐碎末品，大越丘坡；闪尸之下[44]，湛然水波。若夫海路壮阔，一山千里；虽人迹所不交，亦针经之能指[45]；尔乃帆席未挂，僧窗宴启[46]。忽焉丛岛逼塞，孤峰魁峙；疑异国之飞来，岂灵居之迁徙。当其电绝，不烦蝣晷[47]，名曰浮山，海人习此。"

或曰："此何理也？"余曰："夫积块之间[48]，红尘机巧，菁华销铄[49]；犹且群羊飞鸟，野马磅礴。彼大海空灵，神明郛廓[50]，百色妖露[51]，岂能牢落[52]？故其轩豁呈露者[53]，穷奇极变而无有龃龉[54]；此固蛟龙之所不得专，天吴蜩像之所不能作[55]；况蜃之为物甚微，吐气更薄乎？南海谓之浮山，东海谓之海市，是乃方言之托也。"

【注释】

[1] 达蓬山:在今浙江慈溪,相传秦始皇欲由此渡海到达蓬莱,故名。

[2] 绝异:完全不同。

[3] 蜃(shèn)气:古人认为海市为蜃吐气所致。烛天:照耀天空。

[4] 附丽:附着。

[5] 谲(jué)诡(guǐ):怪异。此处指海市幻景。

[6] 仿佛:云气迷濛,模糊不清。

[7] 历落:错落。

[8] 刻露:暴露。秋毫:鸟兽在秋天长出来的细毛,形容细微。

[9] 见前苏轼《登州海市》一诗。

[10] 差等:差别。

[11] 己酉:康熙八年,公元1669年。

[12] 空濛:细雨迷蒙貌。此处指天空。

[13] 当:面对。神宫:指海神庙。

[14] 瞽聋:盲人、聋人,喻孤陋寡闻。

[15] 木源:山僧名。下文的汪道者、续宗、补陀僧等,皆山僧名。

[16] 丽谯(qiáo):华丽的城楼。谯,古时城门上用以瞭望的高台。暐(wěi)晔(yè):光彩熠熠貌。

[17] 勾股:古代立标竿以测日影,标竿为股,日影为勾。

[18] 蹀(dié)躞(xiè):小步行走貌。

[19] 照白:照夜白,骏马名。窃骊:"盗骊",传说是周穆王的八骏之一。

[20] 俨:俨然。告严:警报。

[21] 蹇(jiǎn)产:曲折貌。此处指楼阁曲折勾连。

[22] 鬼巧:鬼斧神工之巧,形容非人力所能及。

[23] 杂遝(tà):杂乱貌。遝,同"沓"。

[24] 妆晓:晓妆,指清晨梳妆打扮。

[25] 采旄(máo)桂旗:用牦牛尾和桂木制作的旗子。屏:通"摒"。

[26] 叠出:接连不断而出。章:纹彩。

[27] 聚落:村落。

[28] 井臼:水井与石臼,代指屋舍、庭院。

[29] 职方:官名。《周礼·夏官》有职方氏,掌天下舆图与四方职贡。

[30] 霜钟：结霜之钟。寓质：实体。

[31] 制宏：体制宏大。石（dàn）：古代容量单位，十斗为一石。

[32] 七律：宫、商、角、徵、羽、变宫、变徵等七个音阶。

[33] 行部：汉制，刺史于每年八月巡行所部，称为行部。

[34] 中丞：御史中丞，御史台次官，掌监察百官之责。

[35] 笳：古代管乐器。驺（zōu）：官员的侍从骑兵。

[36] 夹毂（gǔ）：车辆两侧。毂，车轮中心的圆木，此处代指车辆。

[37] 卤簿：古代官员出行时的仪仗队。宣骄：炫耀。

[38] 染肆：染坊。

[39] 蜀江：指蜀地之锦江，传说将锦濯于江中，色泽更加鲜丽。

[40] 攸分：所分。此句谓自然与人力确实有区别。

[41] 鞺（tāng）鞳（tà）：类似钟鼓敲击的声音。

[42] 华：光华。瞩：耀眼。

[43] 鹦螺：海中的鹦鹉螺，形似鹦鹉嘴，故名。

[44] 闪尸：一闪而逝。

[45] 针经：指南针等指示方位的仪器。

[46] 宴启：缓缓开启。

[47] 蝣（yóu）晷（guǐ）：时间短暂。蝣，即蜉蝣，朝生夕死，生命短暂。晷，日影，代指时间。

[48] 积块：大地。

[49] 菁（jīng）华：精华。销铄：熔化，销毁。

[50] 郛（fú）廓：浮泛不切，无法把握。

[51] 妖露：露出妖形怪状。

[52] 牢落：稀疏零落。

[53] 轩豁：高大开阔。

[54] 龂（yín）腭（è）：牙床，这里指根底。

[55] 天吴：水神名。魍像："魍魉"，传说中的山川精怪。

【评析】

由赋前的小序和赋的开篇可知，作者登达蓬山望海，时在冬季，又正值烟雨空濛的天气，并未看到海市幻境。因此，与苏轼等人所描写的自己亲眼所见的海市不同的是，黄宗羲此赋所描绘的海市景观，来自木源、汪道者、续宗与补陀僧等四个僧人的描述。换句话说，作者只是海市景观的听闻者和记录者，而非亲历者。但是，僧人各言海市之状，又离不开作者妙笔的加工，应是融入了作者自己的生活体验和个人想象。比如“固职方所不纪，亦战争所不灾”“值刺史之行部，或中丞之入朝；鸣笳列驺，夹毂喧嚣”等描写，恐怕与作者自己的学识修养和个人经历有关。难能可贵的是，作者虽然详细记录了僧人们关于海市的讲述，却在赋的末尾表达了对海市的理性认知。作者认为海市呈现出的“穷奇极变”既不是海中蛟龙所致，也不是山川精怪所为，更不是“为物甚微，吐气更薄”的蜃所造成的，而是一种天地间的自然现象。相较于沈括对海市乃“蛟蜃之气所为”的说法仅是“疑不然也”的态度，黄宗羲的认知显然更进一步。

纪　昀

纪昀(1724—1805),清代学者、文学家。字晓岚、春帆,号石云、观弈道人,直隶献县(今属河北)人。乾隆十九年(1754)进士,历任礼部尚书、协办大学士、太子少保等。谥文达。纪昀一生博览群书,学问高深,既长于考证训诂,又工于诗歌散文。曾任《四库全书》总纂官,主持编撰《四库全书总目提要》。有《纪文达公遗集》等。所撰《阅微草堂笔记》二十四卷,主要记述花妖狐精、鬼怪神异之事,为文言短篇志怪小说的杰作。

海上生明月赋

伊少昊之行秋,吐望舒以绚彩[1]。坎离互济,承日影而生明[2];金水相涵,耀澄晖而加倍[3]。示冲警阙,本来之昭质无亏[4];水镜雪凝,终古之清光不改。沉沉玉宇,长委照于廖天;滟滟银华,先腾精于巨海。方其溟渤昭潮,瀛壖秋涨,岛屿萦回,风涛激壮[5]。迟皓魄而未升,伫凉波而骋望[6]。鲛宫夜闭,苍然积水之溟濛;蜃气宵沉,邈尔高天之清旷。养魄广寒之府,玉斧方修[7];扬辉柜格之松,晶毬乍漾[8]。微开尘匣,才窥一线之明;欻鼓风轮,欲出三山之上。[9]

尔乃助日为光,运丸枢而西转;与潮俱长,激水輨而上行[10]。贝阙初开，神光离合；龙堂潜照，阴火晶莹。泛兮若浮，圆转之盘珠不定；跃然欲动，飘飖之白羽初擎。乘气以游，乍娟娟以延伫[11]；驭风而上，俄冉冉以遐征[12]。良以天在水中附而行者，随左旋于蚁磨[13]；亦似明出地上涌而升者，观一丈于鸡鸣。月者阙也，今乃自阙而至满；海者晦也，早已离晦而向明。是盖其出有候而不渝，其道有常而不越。晦弦进退，转环于三百六旬；气朔盈虚，积算于一十二月。每至日轮相望，始成光彩之团圞[14]；而当海峤初生，倍觉精芒之艳发[15]。水天澄碧，浴澒洞而回翔[16]；风露高寒，凌混茫而超忽[17]。浮三千之弱水，正临方丈瀛洲[18]；映十二之层城，尽似琼楼玉阙[19]。

且夫海为阴类，月为阴之所宗。月本水精，海为水之所统。沧溟浩渺，润下而流；红蕊扶疏，倚云而种。在天在地，若迥判其升沉；成象成形，实不殊其体用。近曰小而远曰大，月之盈阙海若随以盛衰[20]；下弦减而上弦增，海之往来月实司其操纵[21]。元冥孕气，应知本性之原同；素质流光，自觉清辉之相共。是以沦精巨浸，煜彩秋霄[22]。宛贮之以冰壶，净无渣滓；似洗之以银汉，静绝烦嚣。滲乎其清，引微飔而拂拂[23]；窅然无际，悟元想于超超[24]。非空阔之无垠，不足以彰其皎洁；非至明之有耀，不足以彻于泬寥[25]。曰两美其必合，遂万象之咸昭。岂但光景留连，召谢庄而赋月[26]；将以阴阳消长，进卢肇而谈潮[27]。

天子握长明之心镜，游不夜之化城[28]。乘高秋以遐眺，挹爽气而宣情[29]。寸心澄澈之馀，觉物来而毕照；万镜虚明之际，亦感至而不婴[30]。炯灵台之宁静，渺纤埃之不生[31]。知圣人之性体，与海月而同清。固将证化源于太初太始，契帝载于无臭无声[32]。岂徒于三珥凝庥，侈天符于象纬[33]；重轮表异，标瑞牒于升平[34]。

【注释】

[1]　少昊：远古部落的首领，传说是黄帝的长子，掌天文历法。望舒：神话传说中为月亮驾车之神，此处代指月亮。

[2]　坎离：本为《易经》的两卦，此处代指阴阳。生明：产生光亮。

[3]　金水：金、水为五行中的两行，这里代指五行。

[4]　示冲警阙：启示人们保持谦虚的态度，警戒人们不可自满。冲，谦

虚。阙,缺失。昭质:清净的品质。

[5] 溟渤:大海。昭潮:明亮的海水。瀛(yíng)壖(ruán):海岸。萦回:盘旋往复。

[6] 皓魄:月亮。骋望:放眼远望。

[7] 广寒之府:广寒宫,传说中月亮里的宫殿。玉斧:与下文之"晶毬"皆指月亮。修:长。

[8] 柜(jǔ)格之松:神话中的大松树。《山海经·大荒西经》:"西海之外,大荒之中,有方山者,上有青树,名曰柜格之松,日月所出入也。"

[9] 欻(chuā):象声词,急促的声响。三山:指蓬莱、方丈、瀛洲三仙山。

[10] 水輨(guǎn):水车。

[11] 娟娟:长而弯曲貌。延伫:停留。

[12] 驭风:乘风。冉冉:缓慢貌。遐征:远行。

[13] 蚁磨:蚁行磨盘之上,古人以此喻天体运动。王充《论衡·说日》:"日月……系于天,随天四时转行也。其喻若蚁行于硙上,日月行迟,天行疾,天持日月转,故日月实东行而反西旋也。"

[14] 团圞(luán):团圆。

[15] 海峤:海边的山岭。艳发:鲜明焕发。

[16] 澒洞:水势汹涌貌。回翔:盘旋飞翔。

[17] 超忽:高远貌。

[18] 弱水:古代神话中的河流名,因水弱不能载舟,故名。

[19] 十二之层城:神话传说中的仙人居处。

[20] 盈阙:盈亏。海若:海神名。

[21] 司:掌握。

[22] 沦精:指月。巨浸:大海。煜彩:明亮的光彩。

[23] 漻(liáo):清澈。颸(sī):凉风。拂拂:风吹动貌。

[24] 窅(yǎo)然:幽深遥远貌。超超:超然出尘。

[25] 泬(xuè)寥(liáo):清朗空旷貌。

[26] 谢庄:南朝宋文学家,以创作《月赋》而闻名。

[27] 卢肇:唐朝诗人,曾创作《海潮赋》。

[28] 心镜:清如明镜之心。化城:幻境。

[29] 遐眺：远眺。挹：捧取。宣情：宣泄情感。

[30] 婴：同“撄”，扰乱。

[31] 纤埃：细小的尘埃。

[32] 化源：本源。太初太始：天地开辟前的原始状态。帝载：上天的行事。无臭(xiù)无声：没有气味和声音。

[33] 三珥：三重月晕，古人认为这是一种祥瑞的天象。《军国占候》曰：“若月有三珥者，大臣有喜；若月冠而复晕者，天下有喜。”庥(xiū)：庇护，保佑。天符：与下文之“瑞牒”皆指上天的符命文书。象纬：象数谶纬。

[34] 重轮：古乐曲名。崔豹《古今注》：“汉明帝作太子，乐人歌四章，以赞太子之德。一曰日重光，二曰月重轮，三曰星重耀，四曰海重润。”

【评析】

纪昀于此赋题下注曰：“以‘海上明月共潮生’为韵”，结合赋作的最后一段“天子”云云，可见此赋当为应制之作。赋题“海上生明月”出自唐人张九龄的诗歌《望月怀远》，“海上明月共潮生”一句则出自唐人张若虚的名篇《春江花月夜》，两诗抒发的主要是闺怨之情。纪昀此赋则紧扣题目写海月之景，结尾则归结为颂扬，主旨与上述两诗显然不同。赋的第一、二段写海月初生至精芒艳发的海天之景。当海月将升未升之际，鲛宫夜闭，蜃气宵沉，海天一片清旷宁静，似乎是在等待月亮升起。继而潮水涌动，月亮也与潮俱长，冉冉升至中天。此时明月团团，海天澄碧，一派混茫而超忽的景象。赋的第三段意在探讨海月精芒艳发、水天澄碧之源。作者认为，海属阴类又为万水之宗，而月为阴宗又是水之精魄。因此，海水的往来升沉系于月之盈阙，二者之间蕴含了阴阳消长的神秘关系。现代科学认为，潮涨潮落与海水受月球和太阳引潮力的周期性变化有关。不得不说，纪昀的解释在一定程度上暗合了现代科学的认知。赋的最后一段则是本篇的主旨所在。作为应制之赋，景色的描写与理论的探讨都不是主要的，它们其实都是在为颂圣作铺垫。古人秉持天人感应的理念，认为天象与地下的人事尤其是帝王的行事有某种神秘的对应关系。海月同清的景象之所以形成，在于帝王知圣人之性体，达到寸心澄彻、万镜虚明的境界。也就是说，正是由于当今“天子握长明之心镜”，天下才有如此太平富贵的气象。作者这种比附虽然有阿谀奉承之嫌，但考虑到其应制之作的性质，对此似也不必苛求。

戏剧小说

李好古

李好古，元代戏曲作家。保定（今属河北）人，一说东平（今属山东）人或西平（今属河南）人。生平事迹不详。李好古是元代文采派戏剧家的代表，著有杂剧《赵太祖镇凶宅》《巨灵神劈华岳》和《沙门岛张生煮海》三种，目前仅存《沙门岛张生煮海》。

沙门岛张生煮海

第一折

（外扮东华仙上，诗云）海东一片晕红霞，三岛齐开烂熳花。秀出紫芝延寿算，逍遥自在乐仙家。贫道乃东华上仙是也。自从无始以来[1]，一心好道，修炼三田[2]，种出黄芽至宝[3]，七返九还[4]，以成大罗神仙[5]，掌判东华妙严之天。为因瑶池会上，金童玉女有思凡之心，罚往下方投胎脱化。金童者，在下方潮州张家，托生男子身，深通儒教，作一秀士。玉女于东海龙神处，生为女子。待他两个偿了宿债，贫道然后点化他，还归正道。(诗云)金童玉女意投机，才子佳人世罕稀。直待相逢酬宿债，还归正道赴瑶池。(下)(正末扮长老同行者上[6]，诗云)释门大道要参修，开阐宗源老比丘[7]。门外不知东海近，只言仙境本清幽。贫僧乃石佛寺法云长老是也。此寺古刹近于东海岸边，常有龙王水卒，不时来此游玩。行者，出门前觑看，若有客来时，报复我家知道。(行者云)理会得。(冲末扮张生引家僮上，云)小生潮州人氏，姓张名羽，表字伯腾，父母早年亡化过了。自幼颇学诗书，争奈功名未遂。今日闲游海上，忽见一座古寺，门前立着个行者。兀那行者[8]，此寺有名么？(行者云)焉得无名？山无名，迷杀人；寺无名，俗杀人。此乃石佛寺也。(张生云)你去报复长老，有个闲游的秀才，特来相访。(行者做报科，云)门外有一秀才，探望师父。(长老云)道有请。(做见科，长老云)敢问秀才何方人氏？(张生云)小生潮州人氏，自幼父母双亡，功名未遂。偶然闲游海上，因见古刹清凉境界，望长老借一净室，与小生温习经史，不知长老意下如何？(长老云)寺中房舍尽有。行者，你收拾东南幽静之处，堪可与秀才观书也。(张生云)小生无物相奉，有白银二两送长老，权为布施[9]，望乞笑纳。(长老云)既然秀才重意，老僧收了。行者，收拾房舍，安排斋食，请秀才稳便。老僧且回禅堂，作些功果去也[10]。(下)(行者云)秀才，与你这一间幽静的房儿，随你自去打筋斗，学踢弄，舞地鬼，乔扮神，撒科打诨，乱作胡为，耍一会，笑一会，便是你那游玩快乐。我行者到禅堂扶侍俺师父去也。(诗云)行童终日打勤劳，扫地才完又要把水挑。就里贪顽只爱耍，寻个风流人共说风骚。(下)(张生云)僧家清雅，又无闲人聒噪，堪可攻书。天色晚了也，家童，将过那张琴来，抚一曲散心咱。(家童安琴科。张生云)点上灯，焚起香来者。(行童点灯焚香科。张生诗云)流水高山调不徒，钟期一去赏音孤[11]。今宵灯下弹三弄，可使游鱼出听无？(正旦扮龙女引侍女上，云)妾身琼莲是也，乃东海龙神第三女，与梅香翠荷今晚闲游海上，去散心咱。(侍女云)姐姐，你看这大海澄澄，与长天一色，是好景致也！(正旦唱)

【仙吕点绛唇】海水汹汹，晚风微送，兼天涌，不辨西东，把凌波步轻那动[12]。

【混江龙】清宵无梦，引着这小精灵，闲伴我游踪。恰离了澄澄碧海，遥望那耿耿长空，你看那万朵彩云生海上，一轮皓月映波中。(侍女云)海中景物，与人间敢不同么？(正旦唱)觑了那人间风阙，怎比我水国龙宫。清湛湛、洞天福地任逍遥，碧悠悠、那愁他浴凫飞雁争喧哄。似俺这闺情深远，直恁般好信难通！

(侍女云)姐姐，你本海上神仙，这容貌端的非凡也。(正旦唱)

【油葫芦】海上神仙年寿永，这蓬莱在眼界中。风飘仙袂绛绡红，则我这云鬟高挽金钗重，蛾眉轻展花钿动；袖儿笼，指十葱，裙儿簌，鞋半弓[13]。只待学吹箫同跨丹山凤，那其间，登碧落[14]，趁天风。

(侍女云)想天上人间，自然难比。(正旦唱)

【天下乐】不比那人世繁华扫地空，尘中，似转蓬，则他这春过夏来秋又冬；听一声报晓鸡，听一声定夜钟，断送的他世间人犹未懂。

(张弹琴，侍女做听科，云)姐姐，那里这般响？(正旦唱)

【那吒令】听疏剌剌晚风，风声落万松；明朗朗月容，容光照半空；响潺潺水冲，冲流绝涧中。又不是采莲女拨棹声，又不是捕鱼叟鸣榔动[15]；惊的那夜眠人睡眼朦胧。

(侍女云)这响声比其馀全别也。(正旦唱)

【鹊踏枝】又不是拖环佩，韵丁咚；又不是战铁马，响铮鏦；又不是佛院僧房，击磬敲钟。一声声諕的我心中怕恐；原来是厮琅琅，谁抚丝桐。

(张再抚琴科)(侍女云)敢是这寺中有人弄甚么响？(正旦云)原来是抚琴哩。(侍女云)姐姐，你试听咱。(正旦唱)

【寄生草】他一字字情无限，一声声曲未终；恰便似颤巍巍金菊秋风动，香馥馥丹桂秋风送，响珊珊翠竹秋风弄。咿呀呀、偏似那织金梭撺断锦机声[16]；滴溜溜、舒春纤乱撒珍珠迸。

(侍女做偷瞧科，云)原来是个秀才在此抚琴，端的是个典雅的人儿也。(正旦唱)

【六么序】表诉那弦中语，出落着指下功，胜檀槽慢摋轻拢[17]。则见他正色端容，道貌仙丰。莫不是汉相如作客临邛，也待要动文君，曲奏求凰凤[18]，不由咱不引起情浓。你听这清风明月琴三弄，端的个金徽泌涌，玉轸玲珑[19]。

(侍女云)姐姐，休说你知音人，便是我也觉的他悠悠扬扬，入耳可听。果然弹得好也。(正旦唱)

【幺篇】端的心聪，那更神工。悲若鸣鸿，切若寒蛩，娇比花容，雄似雷轰，真乃是消磨了闲愁万种。这秀才一事精，百事通。我蹑足潜踪，他换羽移宫[20]；抵多少盼盼女词媚涪翁[21]，似良宵一枕游仙梦。因此上偷窥方丈，非是我不守房栊。

(做弦断科，张生云)怎么琴弦忽断，敢是有人窃听？待小生出门试看咱。(正旦避科，云)好一个秀才也！(张生做见科，云)呀，好一个女子也！(做问科，云)请问小娘子，谁氏之家，如何夜行？(正旦唱)

【金盏儿】家住在碧云空，绿波中，有披鳞带角相随从，深居富贵水晶宫。我便是海中龙氏女，胜似那天上许飞琼[22]。岂不知众星皆拱北，无水不朝东。

(张生云)小娘子姓龙氏，我记得何承天《姓苑》上有这个姓来[23]。难道小娘子既然有姓，岂可无名？因甚至此？(正旦云)妾身龙氏三娘，小字琼莲。见秀才弹琴，因听琴至此。(张生云)小娘子既为听琴而至，这等，是赏音的了；何不到书房中坐下，待小生细弹一曲，何如？(正旦云)愿往。(做到书房科，正旦云)敢问先生高姓？(张生云)小生姓张名羽，字伯腾，潮州人氏。早年父母双亡，也曾饱学诗书，争奈功名未遂，游学至此，并无妻室。(侍女云)这秀才好没来头，谁问你有妻无妻哩！(家童云)不则是相公，我也无妻。(张生云)小娘子不弃小生贫寒，肯与小生为妻么？(正旦云)我见秀才聪明智慧，丰标俊雅，一心愿与你为妻；则是有父母在堂，等我问了时，你到八月十五日中秋节届，前来我家，招你为婿。(张生云)既蒙小娘子俯允，只不如今夜便成就了，何等有趣。着小生几时等到八月十五日也！(家童云)正是，我也等不得。(侍女云)你等不得，且是容易哩。(正旦云)常言道："有情何怕隔年期"，这有甚等不得那？(唱)

【后庭花】那里也阳台云雨踪，不比那秦楼风月丛。(张生云)敢问小娘子家在何处？(正旦唱)只在这沧海三千丈，险似那巫山十二峰。(张生云)小生做贵宅女婿，就做了富贵之郎，不知可有人伏侍么？(正旦唱)俺可更有门风：无非是蛟虬参从，还有那鼋将军，鳖相公，鱼夫人，虾爱宠，鼍先锋，龟老翁；能浮波，惯弄风。隔云山，千万重；要相逢，指顾中。

(张生云)只要小娘子言而有信，俺小生是一个志诚老实的。(正旦唱)

【青歌儿】甜话儿将人将人摩弄，笑脸儿把咱把咱陪奉。你则看八月冰轮出海东，那其间、雾敛晴空，风透帘栊，云雨和同；那其间、锦阵花丛，玉斝金钟[24]；对对双双，喜喜欢欢，我与你笑相从；再休提误入桃源洞。

(张生云)既然许了小生为妻，小娘子可留些信物么？(正旦云)妾有冰蚕织就鲛绡帕，权为信物。(张生做谢科，云)多感小娘子！(家童云)梅香姐，你与我些儿甚么信物？(侍女云)我与你把破蒲扇，拿去家里扇煤火去！(家童云)我到那里寻你？(侍女云)你去兀那羊市角头砖塔儿胡同总铺门前来寻我。(正旦唱)

【赚煞】你岂不知意儿和，直恁欠心儿懂，我非罗刹女[25]，休惊莫恐。多管是前世因缘今得宠，到中秋好事相逢。且从容，劈开这万里溟濛，俺那里静悄悄，绝无尘世冗。(张生云)有如此富贵，小生愿往。(正旦唱)一周围红遮翠拥，尽都是金扉银栋，不弱似九天碧落蕊珠宫。(同侍女下)

(张生云)我看此女妖娆艳冶，绝世无双。他说着我海岸边寻他，我也等不的中秋。家童，你看着琴剑书箱。我拼的将此鲛绡手帕，渺渺茫茫，直至海岸边寻那女子，走一遭去。(诗云)海岸东头信步行，听琴女子最关情。有缘有分能相遇，何必江皋笑郑生[26]？(下)(家童云)我家东人好傻也！安知他不是个妖魔鬼怪，便信着他跟将去了。我报与长老，同行者追我东人去。(词云)叵耐这鬼怪妖魔[27]，将花言巧语调唆。若不是连忙赶上，只怕迷杀我秀才哥哥。(下)

第二折

(张生上，诗云)幸会多娇有所期，闲花野草斗芳菲。幽情何处桃源洞，则怕刘郎去未归。小生张伯腾。恰才遇着的那个女子，人物非凡，因此寻踪觅迹，前来寻他；却不知何处去了。则见青山绿水，翠柏苍松，前又去不得，回又回不得，好凄惨人也！这盘陀石上[28]，我且歇息咱。(虚下)(正旦改扮仙姑上，诗云)桑田成海又成田，一霎那堪过百年。拨转顶门关棙子[29]，阿谁不是大罗仙。自家本秦时宫人，后以采药入山，谢去火食，渐渐身轻，得成大道，世人称为毛女者是也[30]。今日偶然乘兴，游到此间，却是海之东岸。你看茫茫荡荡，好一片大水也呵！(唱)

【南吕一枝花】黑弥漫水容沧海宽，高崒嵂山势昆仑大[31]。明滴溜冰轮出海角，光灿烂红日转山崖。这日月往来，只山海依然在。弥八方，遍九垓，问甚么河汉江淮，是水呵，都归大海。

【梁州第七】你看那缥缈间十洲三岛，微茫处阆苑蓬莱，望黄河一股儿浑流派。高冲九曜[32]，远映三台[33]，上连银汉，下接黄埃。势汪洋无岸无涯，出许多异宝奇哉。看看看，波涛涌，光隐隐无价珠玑；是是是，草木长，香喷喷长生药材；有有有，蛟龙偃，郁沉沉精怪灵胎。常则是云昏气霭，碧油油隔断红尘界，恍疑在九天外，平吞了八九区云梦泽，问甚么翠岛苍崖。

(张生上，云)这里不知是何处，喜得又遇着一位娘子。呀！原来是道姑。待小生问个路儿咱。(仙姑唱)

【牧羊关】猛地里难回避，可教人怎离摘[34]？则见他叉手前来，多管是迷了路的行人，多管是失了船的过客。(张生云)道姑，敢问这搭儿是何处也？(仙姑唱)比及你来相问[35]，先对俺说明白。(张生云)我到此，只为那可意人儿，不知在那里？(仙姑唱)且将个采芝女，权休怪，只问那可意人，安在哉？

(云)秀才何方人氏？因甚至此？(张生云)小生潮州人氏，因为游学，在此石佛寺借寓。前夜弹琴，有一女子，引一侍女来听。此女自言龙氏之女，小字琼莲，到八月中秋日，与小生会约于海岸。小生随即寻访，不意迷失道路。小生只想他风流人物，世上无比。(仙姑云)他既说姓龙，你可也想左了[36]。(唱)

【骂玉郎】可知道龙宫美女多娇态，想当时因有约，则今日独寻来。拼的个舍残生，做下风流债。那龙也青脸儿长左猜[37]，恶性儿无可解，狠势儿将人害。

(张生云)可怎生恁般利害？(仙姑唱)

【感皇恩】呀！他把那牙爪张开，头角轻抬；一会儿起波涛，一会儿摧山岳，一会儿卷江淮。变大呵，乾坤中较窄，变小呵，芥子里藏埋[38]。他可便能英勇，显神通，放狂乖。

(张生云)那小娘子姓龙，你这道姑怎么说起龙来？(仙姑云)秀才不知，这龙是轻易好惹他的？(唱)

【采茶歌】他兴云雾，片时来，动风雨，满尘埃，则怕惊急烈一命丧尸骸。休为那约雨期云龙氏女，送了你个攀蟾折桂俊多才。

(张生云)小生才省悟了也。他是龙宫之女，他父亲十分狠恶，怎肯与我为妻？这婚姻之事，一定无成了。只是小娘子，谁着你听琴来？(做悲科)(仙姑云)贫道不是凡人，乃奉东华上仙法旨，着我来指引你还归正道，休得堕落。(张生做拜科，云)小生肉眼.不知上仙指引，望乞恕罪。(仙姑云)我且问你：那听琴女子，是东海龙王第三女，小字琼莲，他在龙宫海藏，你怎么得见他？(张生云)若论那龙宫之女，与小生颇有缘分。(仙姑云)那里见的有缘分？(张生云)既没缘分，他怎肯约我在八月十五夜，到他家里。招我做女婿；又与我这鲛绡帕儿做信物哩？(仙姑云)这鲛绡手帕，果是龙宫之物。眼见的那个女子看的你中意了。只是龙神懆暴[39]，怎生容易将爱女送你为妻？秀才，我如今圆就你这事[40]，与你三件法物，降伏着他，不怕不送出女儿嫁你。(张生做跪科，云)愿见上仙法宝。(仙姑取砌末科[41]，云)与你银锅一只，金钱一文，铁勺一把。(张生接科，云)法宝便领了，愿上仙指教，怎生样用他才好。(仙姑云)将海水用这杓儿舀在锅儿里，放金钱在水内；煎一分，此海水去十丈，煎二分去二十丈，若煎干了锅儿，海水见底，那龙神怎么还存坐的住，必然令人来请，招你为婿也。(张生云)多谢上仙指教！但不知此处离海岸远近若何？(仙姑云)向前数十里.便是沙门岛海岸了也。(唱)

【黄钟煞尾】这宝呵，出在那瑶台紫府清虚界，碧落苍空天上来：任熬煎，任布划，可从心，可称怀；不求亲，不纳财，做行媒，做娇客；连理枝，并蒂开，凤鸾交，鱼水谐：休将他觑小哉！信神仙妙手策，也是那前生福有安排，直着你沸汤般煎干了这大洋海。（下）

（张生云）小生有缘，得受上仙法宝。直到沙门岛煎海水去来。（诗云）任他东海滚波涛，取水将来锅内熬。此是神仙真妙法。不愁无分见多娇。（下）

第三折

（行者上，云）小僧乃石佛寺行者。前日有一秀才，在我这房头借住，因夜间弹琴，被一个精怪迷惑将去了。那家童连忙赶去寻他，俺师父葫芦提也着我去寻。林深山险，那里寻他去；不想撞见一个大虫[42]，张牙舞爪来咬我，小僧连忙将一块鹅卵石头打将去，不知恁般手正，直一下打入他喉咙里去了，我见那大虫楞楞挣挣倒了。小僧一气走到二百里，拾了一个性命，直走到这里。那里着迷一命休，小僧却是没来由。不如寻秀才一处同迷死，也落的牡丹花下鬼风流。（下）（张生引家童上，诗云）前生结下好姻缘，觅得鸾胶续断弦。法宝煎熬锴滚沸，争知火里好栽莲。小生张伯腾，早到海岸也。家童，将火镰火石引起火来，用三角石头把锅儿放上。（做放锅科，云）你可将这勺儿舀那海水起来。（做取水科，云）锅里水满了也，再放这枚金钱在内，用火烧着，只要火气十分旺相[43]，一时间将此水煎滚起来。（家童云）这等，你不早说，那小娘子跟随的丫头送我一把蒲扇，不曾拿的来，把什么扇火？（做衣袖扇火科，云）且喜锅儿里水滚了也。（张生云）水滚了，待我试看海水动静。（做看科，惊云）怪哉！果然海水翻腾沸滚，真有神应也！（家童云）怎么这里水滚，那海水也滚起来？难道这锅儿是应着海的？（长老慌上，云）老僧石佛寺长老是也。正在禅床打坐，则见东海龙王，遣人来说道：有一秀才，不知他将甚般物件，煮的海水滚沸。急得那龙王没处逃躲，央我老僧去劝化他早早去了火罢。元来这秀才不是别人，就是前日借俺寺里读书的潮州

张生。想我石佛寺贴近东海，现今龙宫有难，岂可不救？只得亲到沙门岛上，劝化秀才，走一遭去也呵。(唱)

【正宫端正好】一地里受煎熬，满海内空劳攘[44]，兀的不慌杀了海上龙王。我则见水晶宫血气从空撞，闻不得鼻口内干烟炝。

【滚绣球】那秀才谁承望，急煎煎做这场，不知他挟着的甚般伎俩，只待要卖弄杀手段高强。莫不是放火光，逼太阳，烧的来焰腾腾滚波翻浪。纵有那雷和雨，也救不得惊惶。则见锦鳞鱼活泼刺波心跳，银脚蟹乱扒沙在岸上藏，但着一点儿，就是一个燎浆[45]。

(做到科，云)来到此间，正是沙门岛海岸了。兀那秀才，你在此煮着些甚么哩？(张生云)我煮海也。(正末云)你煮他那海做甚么？(张生云)老师父不知，小生前夜在于寺中操琴，有一女子前来窃听，他说是龙氏三娘，小字琼莲，亲许我中秋会约。不见他来，因此在这里煮海，定要煎他出来。(正末唱)

【倘秀才】这秀才不能勾花烛洞房，(带云)好也啰！(唱)却生扭做香水混堂[46]，大海将来升斗量。秀才家能软款[47]，会安详，怎做这般热忽喇的勾当[48]？

(张生云)老师父你不要管我，你且到别处化缘去。(正末唱)

【滚绣球】俺也不是化道粮，也不是要供养，我则是特来相访。(张生云)我是个穷秀才，相访我有甚么化与你。(正末唱)俺本是出家人，便乞化何妨。(张生云)若得见那小娘子，肯招我做女婿，便有布施。(正末唱)则为那窈窕娘，不招你个俊俏郎，弄出这一番祸从天降。你穷则穷，道与他门户辉光。你那里得熬煎铅汞山头火？你那里觅医治相思海上方？此物非常。

(张生云)老师父，我老实对你说，若那夜女子不出来呵，我则管煮哩。(正末云)秀才，你听者：东海龙神着老僧来做媒，招你为东床娇客[49]，你意下如何？(张生云)老师父你不要耍我，这海中一望是白茫茫的水，小生是个凡人，怎生去的？(家童云)相公，这个不妨事，你只跟着长老去，若是他不淹死，难道独独淹死了你？(正末唱)

【脱布衫】俺实丕丕要问行藏[50]，你慢腾腾好去商量，将这水指一指翻为土壤，分一分步行坦荡。

【小梁州】直着你如履平原草径荒。(张生云)到那海底去，莫不昏暗么？(正末唱)却正是日出扶桑。(张生云)小生终是个凡人，怎敢就到海中去？(正末唱)虽然大海号东洋，休谦让。(带云)去来波！(唱)他则待招选你做东床。

(张生云)小生曾闻这仙境有弱水三千丈，可怎生去的？(正末唱)

【幺篇】便休提弥漫弱水三千丈，端的是锦模糊水国鱼邦。(张生做望科，云)我看这海有偌般宽阔，无边无岸，想是连着天的，好怕人也！(正末唱)你道是白茫茫如天样，越显得他宽洪海量。我劝你早准备帽儿光。

(张生云)既如此，待我收起法宝，则要老师父作成我这桩亲事。(家童云)那小姐身边有一侍女，须配与我，不然，我依旧烧起火来。(正末唱)

【笑和尚】去去去，向兰阁，到画堂。俺俺俺，这言语，无虚诳。(张生云)是真个么？(正末唱)你你你，终有个酸寒相。他他他，女艳妆。早早早，得成双。来来来，似鸳鸯并宿在销金帐。

(张生云)这等，我就随着老师父去。则要得早早人月团圆，休孤旧约也。(正末唱)

【尾声】则为你佳人才子多情况，谎得他椿室萱堂着意忙[51]。你貌又轩昂才又良，他玉有温柔花有香；意相投，姻缘可配当；心厮爱，夫妻谁比方。似他这百媚韦娘[52]，共你个风流张敞[53]。(带云)去来波！(唱)须将俺撮合山的媒人重重赏。(同张生下)

(家童云)你看我家东人，兴匆匆的跟着长老入海去了，留我独自一个在这海岸上，看守什么法宝。若是他当真做了新郎，料必要满了月方才出来。我看那小行者尽也有些风韵，老和尚又不在；不如我收拾了这几件东西，一径回到寺里，寻那小行者打閙閙去也。(下)

第四折

(外扮龙王引水卒上，诗云)一轮红日出扶桑，照曜中天路杳茫。虽然弱水三千里，只要缘投自可航。吾神乃东海龙王是也。有小女琼莲，曾于夜间到石佛寺游玩，见一秀才抚琴，其曲有凤求凰之音，他两个睹面关情，遂许中秋赴会。某家说道，他是凡人，怎生到的俺这水府？不想秀才遇着上仙，授他三件法宝，被他烧的海水滚沸，使某不堪其热；只得央石佛寺法云禅师为媒，招请为婿。早间已经花红酒礼[54]，款待那做媒的去了，如今设下庆喜的筵席。兀那水卒，请出秀才和女孩儿来者！（正旦同张生上）（正旦云）秀才，前厅上拜俺父母去。（张生云）是。（正旦云）秀才，我和你那夜相别，谁想有今日也！（唱）

【双调新水令】则为这波涛相间的故人疏，我则怕黑漫漫各寻别路。受了些活地狱，下了些死工夫。海角天隅，须有日再完聚。

（张生云）这龙宫里面，都是些甚么人物？（正旦唱）

【驻马听】摆列着水里兵卒，都是些鼋将军，鼍先锋，鳖大夫。看了这海中使数[55]，无过是赤须虾，银脚蟹，锦鳞鱼。绣帘十二列珍珠，家财千万堆金玉。（张生云）是好富贵也！（正旦唱）你自喑付[56]，则俺这水晶宫是一搭儿奢华处。

（做行礼拜科，龙王云）你二人在那里相会来？（正旦唱）

【滴滴金】趁着那绿水清波，良辰美景，轻云薄雾，霜气浸冰壶。可则是玉露泠泠，金风淅淅，中秋节序；正值着冷清清，人静更初。

（龙王云）你与这秀才素非相识，况在夜静更初，怎么就许他婚姻之约？你试说我听。（正旦唱）

【折桂令】俺去他那月明中信步阶除[57]，听三弄瑶琴音韵非俗：恰便似云外鸣鹤，天边语雁，枝上啼乌。他待觅莺俦燕侣，我正愁凤只鸾孤；因此上，要识贤愚，别辨亲疏；端的个和意同心，早遂了似水如鱼。

（龙王云）秀才，谁与你这法宝来？（张生云）量小生是个穷儒，焉有此法宝；偶因追赶令爱，到海岸上遇着一位仙姑，把与我来。（龙王云）秀才，则被你险些儿热杀我也！我想这事，都是我女孩儿惹出来的。（正旦唱）

【雁儿落】不想这火中生比目鱼，石内长荆山玉[58]，天边有比翼鸟，地上出连枝树。

（张生云）若非上仙法宝，怎生得有团圆之日？（正旦唱）

【得胜令】你待将铅汞燎干枯，早难道水火不同炉。将大海扬尘度，把东洋烈焰煮。神术煅化的为夫妇，几乎熬煎杀俺眷属。

(东华仙上，云)龙神，听俺分付！(龙王同张生、正旦跪科，东华云)龙神，那张生非是你女婿，那琼莲也非是你女儿；他二人前世乃瑶池上金童玉女，则为他一念思凡，谪罚下界。如今偿还夙契，便着他早离水府，重返瑶池，共证前因，同归仙位去也。(众拜谢科)(正旦唱)

【沽美酒】待着俺辞龙宫，离水府，上碧落，赴云衢，我和你同会西池见圣母。秀才也，抵多少跳龙门应举，攀仙桂步蟾蜍。

(东华云)你二人若非吾来指引，岂得到瑶池仙境也？(正旦唱)

【太平令】广成子长生诗句[59]，东华仙看定婚书。引仙女仙童齐赴，献仙酒仙桃相助。愿普天下旷夫怨女[60]，便休教间阻；至诚的，一个个皆如所欲。

(东华云)你本是玉女金童，投凡世淹留数载。石佛寺夜月弹琴，凤求凰留情殢色[61]。许佳期无处追寻，走海上失精落彩。遇仙姑法宝通灵，端的有神机妙策。配金丹铅汞相投，运水火张生煮海。则今朝返本朝元，散一天异香杳霭。(正旦同张生稽首科)(正旦唱)

【收尾】则今日双双携手登仙去，也不枉鲛绡帕留为信物。闲看他蟠桃灼灼树头红，撇罢了尘世茫茫海中苦。

【注释】

[1]　无始：佛教术语。佛教认为，诸法皆由因缘生，因上有因，因因无始，如是辗转推究，一切众生及诸法之原始，皆不可得，故云无始。

[2]　三田：道教术语，即三丹田。道教谓精、气、神之舍为三丹田，下丹田在脐下，中丹田在心窝，上丹田在两眉间。

[3]　黄芽：亦作“黄牙”，道教称从铅里炼出的精华为黄牙。

[4]　七返九还：道教以“七”代表火，以“九”代表金，以火炼金，使金返本还原，成为仙丹。

[5]　大罗神仙：大罗天是道教三十六天中的最高之天，修道成功进入大罗天，即为大罗神仙。

[6]　长老：德高望重的僧人。行者：亦称头陀僧，佛教中指戴发修行尚

未取得僧人资格的人，或是为求法而游食四方之人。

[7] 比丘：梵语音译，即和尚。

[8] 兀那：指示代词，那个。

[9] 布施：赠送钱物给僧人。

[10] 功果：功德，指念佛、诵经、斋醮等佛教的日常功课。

[11] 钟期：钟子期，春秋时楚国人。《列子·汤问》记："伯牙鼓琴，志在登高山。钟子期曰：'善哉！峨峨兮若泰山！'志在流水。钟子期曰：'善哉！洋洋兮若江河！'伯牙所念，钟子期必得之。"

[12] 凌波步：凌波微步，形容女子步履轻盈。曹植《洛神赋》："体迅飞凫，飘忽若神。凌波微步，罗袜生尘。"那：通"挪"。

[13] 弓：弓鞋，旧时缠足女子所穿之鞋。

[14] 碧落：天空。

[15] 鸣榔：渔船后面的横木，敲击之使鱼惊动入网。

[16] 撺(cuān)断：搬弄，抛掷。

[17] 檀槽：檀木制成的弦乐器上架弦的槽格。此处代指琴。

[18] 曲奏求凰凤：弹奏《凤求凰》乐曲。临邛富豪卓王孙之女卓文君新寡，司马相如窥见文君并心悦之，于是弹奏琴曲《凤求凰》以挑之。曲词载南朝徐陵所编的《玉台新咏》。

[19] 金徽：琴上系弦之绳。玉轸：玉制的琴柱。金徽、玉轸皆代指琴。

[20] 换羽移宫：宫和羽为古代乐曲五音中之音调名。此处谓乐曲换调。

[21] 盼盼女：宋代泸州官妓盼盼。涪翁：宋代诗人黄庭坚晚号涪翁。据宋人杨湜《古今词话》记载，黄庭坚过泸州，宴席上与官妓盼盼以词唱和，黄庭坚作《浣溪沙》，盼盼作《惜春容》。

[22] 许飞琼：仙女名，传说是西王母的侍女，善鼓震灵之簧。

[23] 何承天：南朝宋天文学家。《姓苑》：又名《何氏姓苑》，何承天所撰的谱牒姓氏书。

[24] 玉斝(jiǎ)金钟：金玉做的酒器。

[25] 罗刹女：佛教中指食人之女鬼。

[26] 郑生：郑交甫，相传为西周时人。郑交甫尝过汉水之滨，遇江妃二女。女解佩赠之，交甫受而置于怀。行数十步，二女消失，佩亦不见。

[27] 叵(pǒ)耐：不可忍耐，可恨。

[28] 盘陀石：亦作“磐陀石”，不平的石头。

[29] 关棙(liè)子：机械上能转动的关键装置。

[30] 毛女：古时传说中的仙女。刘向《列仙传·毛女》云：“毛女者，字玉姜，在华阴山中，猎师世世见之。形体生毛，自言秦始皇宫人也，秦坏，流亡入山避难，遇道士谷春，教食松叶，遂不饥寒，身轻如飞，百七十余年。”

[31] 崒(zú)嵂(lù)：亦作“崒嵂”，山高峻貌。

[32] 九曜：北斗七星及辅佐二星。

[33] 三台：星宿名，亦称三能，共六星，分上台、中台、下台，每台各两星。

[34] 离摘：脱离，离开。

[35] 比及：既然。

[36] 想左了：想错了。

[37] 左猜：怀疑，猜忌。

[38] 芥子：芥菜的种子，佛教中常用以比喻极微小的事物。

[39] 懆(cǎo)暴：脾气暴躁。

[40] 圆就：成就。

[41] 砌末：戏曲中的简单布景和小道具。

[42] 大虫：老虎。

[43] 旺相：旺盛。

[44] 劳攘：纷乱。

[45] 燎(liáo)浆：皮肤因烫伤而起的水泡。

[46] 混堂：澡堂子。

[47] 软款：柔软，温柔。

[48] 忽喇：语气助词，无具体含义。勾当：行为。

[49] 东床娇客：对女婿的美称。

[50] 实丕丕：亦作“实坯坯”，意为实实在在。行藏：行迹。

[51] 椿室萱堂：父母双亲。

[52] 韦娘：原指唐代歌妓杜韦娘，后用作歌妓的美称。

[53] 张敞：西汉人，曾为其妻画眉，后以“张敞画眉”喻夫妻恩爱。

[54] 花红：为庆贺喜事而准备的插花挂红的衣料礼品。

［55］ 使数：供使唤的仆人。

［56］ 喑(yīn)付：暗自思忖。

［57］ 阶除：台阶。

［58］ 荆山玉：和氏璧。《韩非子·和氏》中记载，春秋时楚人卞和于楚山中得一璞玉，先后献于楚厉王、楚武王，皆被认为是普通石头，卞和也因欺君之罪被砍去双脚。后楚文王即位，卞和抱玉哭于荆山三日三夜，文王闻之，使玉人理其璞而终得宝玉，遂命名为“和氏之璧”。

［59］ 广成子：古代传说中的仙人，居崆峒山石室之中，黄帝曾造访他，广成子告之以长生之道。

［60］ 旷夫怨女：年龄已大而尚未婚配的男女。

［61］ 殢(tì)色：沉溺于美色。殢，困于。

【评析】

据元人陶宗仪《南村辍耕录》卷二五“院本名目”载，金代有院本戏《张生煮海》。又元代白朴的杂剧《墙头马上》中，女主角李千金有“一个张生煮滚东洋大海”的唱词。可见，《张生煮海》的故事流传已久，金元之际的杂剧即曾对这一故事进行演绎。李好古的杂剧《沙门岛张生煮海》应是在宋元民间传说和金院本基础上加工改写而成的。龙女和凡人相恋的母题在宋元戏曲、话本中较为常见。代表性的作品除了《张生煮海》外，还有尚仲贤改编自唐传奇《柳毅传》的杂剧《柳毅传书》等。不过与其他作品不同的是，此剧中的张生不再是被动接受龙女报恩的形象，而是敢于捍卫爱情的斗士。剧本最后“愿普天下旷夫怨女，便休教间阻；至诚的，一个个皆如所欲”的唱词，点明了此剧的主旨。该唱词与《西厢记》“愿天下有情的，都成了眷属”，以及《墙头马上》“愿普天下姻眷皆完聚”的主题如出一辙，堪称青年男女追求恋爱自由的宣言。值得注意的是，此剧使用了不少曲辞去铺陈海景，渲染海韵。无论是月下东海的水天一色，还是海底龙宫的绚丽多姿，都充满了浪漫主义色彩。日本学者青木正儿《元人杂剧概说》即指出：“《张生煮海》实在是被美词丽句装饰着，……陆续铺陈的叙海洋风景的曲词，更是壮丽眩目，可以作为一首《海赋》来看。”另外，剧本第一、四折是正旦主唱，第二折由正旦扮仙姑主唱，第三折则为正末长老主唱，这样的形式，对元杂剧末本戏、旦本戏的固有体制有所突破，在现存元杂剧中显得极有特色。

陶宗仪

陶宗仪(1316—约 1403),元末明初文学家、学者。字九成,号南村,台州黄岩(今属浙江)人。早年习举业,不第后弃去,曾师事张翥、李孝光、杜本,专志古学。元末寓居华亭,以著书授徒为业。明洪武年间曾任教官。工诗词,精书法,著述丰富。著有《南村诗集》《沧浪棹歌》,编有《说郛》一百卷、《书史会要》九卷等,今人辑有《陶宗仪集》。《南村辍耕录》三十卷,凡五百八十五条,杂记元代时事和典章、文物、掌故,旁及历史、地理、考证和文学艺术诸领域,具有很高的史料价值。此处从《南村辍耕录》中选取一则。

误堕龙窟

徐彦璋云[1]:商人某,海船失风,飘至山岛,匍匐登岸,深夜昏黑,偶坠入一穴,其穴险峻,不可攀缘。比明,穴中微有光,见大蛇无数,蟠结在内。始甚惧,久,稍与之狎[2],蛇亦无吞噬意。所苦饥渴不可当[3],但见蛇时时舐石壁间小石[4],绝不饮啗[5]。于是商人亦漫尔取小石噙之[6],顿忘饥渴。一日,闻雷声隐隐,蛇始伸展,相继腾升,才知其为神龙。遂挽蛇尾得出,附舟还家。携所噙小石数十至京城,示识者,皆鸦鹘等宝石也[7],乃信神龙之窟多异珍焉。自此货之[8],致富。

彦璋亲见商人，道其始末如此。

【注释】

[1] 徐彦璋：生平不详，当是陶宗仪的友人。

[2] 狎(xiá)：玩弄。

[3] 当：忍受。

[4] 舐(shì)：用舌头舔。

[5] 饮啗(dàn)：吃喝。啗，同“啖”，吃。

[6] 漫尔：随意。

[7] 鸦鹘：鸦鹘石，一种蓝色的宝石。

[8] 货：售卖。

【评析】

陶宗仪记录的这个误堕龙窟的故事，来自其友人徐彦璋的讲述，而徐彦璋所讲的故事则来自亲历者的商人。对于这个故事的真实性，作为转述者的徐彦璋和记录者的陶宗仪可能会相信，但现代读者却有理由持怀疑态度。我们知道，龙是传说中的神异动物，从古至今，关于龙的传说比比皆是，很多人甚至声称见到了真龙。但据学者考证，龙其实是一种融合了蛇、鳄鱼等动物形象的虚构动物，实际上并不存在。故事里的商人是一位海商，如同其他海商一样，由于海洋贸易的风险很高，船舶失事漂至陌生海岛，误入洞窟或遇见奇怪动物并不鲜见，至于在海岛上幸运获得宝石等贵重物品也不是不可能。但若说遇到真正的神龙，则显然是他们添油加醋的编造，因为世界上本没有龙的存在。那么商人为什么要编造神龙的故事呢？得宝，售宝，并因此致富，这一系列事情多少透露出了商人的真实目的。之所以要编造神龙的故事，无非是为了说明宝石来历的神奇和价值的珍贵，借此抬高售价，获取暴利。当然，故事固然有编造的成分，其目的也可能并不单纯，时人却信以为真，这在一定程度上说明了当时海洋贸易的兴盛，反映了部分人海外冒险求宝的心理。

吴元泰

吴元泰，明代小说家。号兰江，生卒年及籍贯不详，嘉靖末前后在世。其著作现存小说《东游记》一部。《东游记》又名《东游记上洞八仙传》，凡二卷五十六回，叙“八仙”故事。此书与杨致和的《西游记》、余象斗的《南游记》和《北游记》，合称“四游记”，是古代神魔小说的名篇。

东 游 记（节选）

八仙东游过海

却说八仙来至东海，停云观望。只见潮头汹涌，巨浪惊人。洞宾言曰：“今日乘云而过，不见各家本事。试以一物投之水面，各显神通而过如何？”众曰：“可。”铁拐即以铁拐投水中，自立其上，乘风逐浪而渡。钟离以拂尘投水中而渡。果老以纸驴投水中而渡。洞宾以萧管投水中而渡。湘子以花篮投水中而渡。仙姑以竹罩投水中而渡。采和以拍板投水中而渡。国舅以玉版投水中而渡。

却说龙王在宫议事，忽见水面一派白光，照耀水晶诸宫，透明天地。龙王不知何故，急令太子摩揭巡视。太子得令，即带兵将，绕海巡视，只见采和脚踏玉板，浮海而过。太子曰：“我在龙宫，万宝俱备，未见如此物之奇妙可爱者，求之决不可得，不如使人夺之。”乃命手下向前夺其玉板，连采和皆没于海中。太子将采和囚在幽室，持宝归宫。一时宫殿光明，如添日月，龙王大喜，设宴庆贺。

且说众仙登岸，不见采和，等待多时，杳无踪迹，众仙惊讶。铁拐曰：“此必龙王作怪，还当寻之。”果老曰：“吾谓酒后不必逞兴，不意果有此祸。”钟离谓洞宾曰：“此事系汝创议，今采和之失，须当汝往寻之，我等先往会上专听消息。”洞宾应声，前往海滨遍寻不得，乃高声叫曰：“龙王好好送人还我，如其不然，举火烧干汝海。”有夜叉闻得，报知太子曰：“有人在岸叫骂，若不还人与他，便将此海烧干。”太子听罢大怒，即出海上问曰：“何人大胆，在此放肆出言？”洞宾曰：“吾乃上仙吕纯阳也。因道友蓝采和没汝海中，故来寻回，可报龙王，急送还我。”太子曰：“不还汝将如何？”洞宾曰：“举火烧干汝海。”太子曰：“休得狂言，可速回去，不然连汝擒下。”洞宾大怒，拔剑赶去。太子复入水中去了。洞宾乃把火葫芦投入海中，须臾变出千百葫芦，烧得水面皆红，海中鼎沸。龙王问曰：“外面如何喧嚷？”左右禀道：“前者太子夺得玉板，并擒其人，囚于幽室。今吕纯阳在外要人，太子不还，彼将火葫芦烧红水面，大众惊恐，所以喧嚷。”龙王曰：“既夺其物，不当更囚其人，传令即放还之。”左右送采和上岸，正遇洞宾，略言被擒之故。洞宾收了葫芦，与采和同见仙友商议去了。

洞宾二败太子

却说仙友见采和、洞宾皆至，欣喜无限。惟采和涕泪潸然。众问曰：“汝何故被擒？”采和曰：“适因玉板光焰，照耀龙王宫殿，被太子摩揭逞强，率众从下夺之，擒我囚于幽室，无路可脱。今幸吕兄烧海，龙王惊觉，如今放还。玉板留在龙宫，不能得出。自思忝在仙班[1]，只道逍遥自在，不意今日无故被擒，受尽耻辱，伏望众友为我复仇！”言讫大哭。众仙皆怒。铁拐曰：“水族小妖，何得如此无礼？众友不必用力，只凭我这葫芦，烧干其海取之，不愁不得玉板也。”果老曰：“且待洞宾再往索取一遍。如其不还，烧之未迟。”洞宾乃同仙姑再往，大声索取。夜叉又报之太子。太子曰：“此子又来，前者出言无状，且烧吾海。父王不合放还其人。今复来此取宝，如此大胆，我便点兵擒之。”即令虾兵蟹将十员，一齐上岸，来擒洞宾。

洞宾与战数合，太子败走海中。仙姑把竹罩放海中罩住，太子走不能得脱。复鼓勇向前来战。洞宾大喝一声，将剑望空一掷，正中太子头额而死。虾兵蟹将逃奔，又被仙姑罩住，斩首无数。败兵报知龙王，言太子被杀。龙王大惊，急令二太子点兵点将鸣鼓来战。仙姑、洞宾向前挺身力斗。忽太子把枪一招，海中兵将四面围裹将来，把洞宾、仙姑皆围在垓心[2]，一时冲突不出。洞宾着急，忙取飞剑望空掷去，化作千百万把，从上飞落，杀得四面围兵，鲜血淋漓，死者无数。二人冲出阵前，正遇二太子挺枪纵马来到，洞宾拔剑一挥，断其左臂。太于负痛逃入海中，余兵俱皆逃命。洞宾、仙姑亦自退去。彼时龙王正在探听消息，忽见太子断去其臂，奔回大叫一声，昏厥于地。左右扶起，半晌言曰：“可恨洞宾损吾二子，令吾切齿痛心，若不报复此仇，枉居王位！”乃即传令，尽起海中十万精兵，亲自督战，扫除仙党，以报二子之仇。令出，乃自披挂点兵去了。

八仙火烧东洋

却说洞宾、仙姑回见众仙，备言龙王不还玉板，反令其子统兵来战，被吾杀其长子，又断其二子一臂，败兵逃入海中。采和闻言大喜。独果老怒曰[3]：“彼虽逞强，汝只当以言语化之。今杀其二子，龙王岂肯灰心？不久大兵至矣！”钟离曰：“事既如此，亦当准备以待之，莫使噬脐无及。”[4]铁拐曰：“汝本善战，试以此战当用何策以胜之？”钟离曰：“以我愚见，汝等须当听吾调度，则可一当百，百当千，敌兵虽众，管教片甲不回。”铁拐曰：“当战斗之时，安危所系，敢不唯命是听。”钟离曰：“今日不必他处借兵，只我八人，分作四路，各人变化些少军马，以故迷人耳目。但设军中令旗一面，摇动之时，四面齐出，足以破敌人矣。"众仙曰:"此计大妙。"

言犹未了,只见尘头蔽日,喊杀连天。龙王引兵来到,列成阵势。龙王出阵,大骂洞宾,欲报二子之仇。钟离即令洞宾、湘子居左,采和、仙姑居右,铁拐、国舅殿后,果老管旗,但见我斗他不胜,便可摇旗,招动四面之兵。分遣已毕,钟离自作先锋,舞剑出到阵前。龙王见了,更不打话,提枪直取钟离。钟离挥剑骤马迎敌。二人战至五十余合,不分胜负。龙王阵上兵将,见战不下钟离,乱出助战。果老见了,摇动号旗,忽四面喊声大起,左有洞宾、湘子之兵杀到,右有采和、仙姑之兵杀到,后有铁拐、国舅之兵杀到,龙王正不知四面之兵多少,其兵不战而乱,自相践踏,死者无数。钟离督战愈急,龙王见势不利,落荒而走。钟离四处急追,龙王奔入海中。铁拐、洞宾放出葫芦之火,烧干海水,烟焰腾天。钟离又以拂尘蘸水洒之四方,仙姑又以竹罩盛水灌于葫芦之内,须臾之间,东洋火炽,竟成一片白地。龙王挈其妻子逃于南海[5],其他鱼龙等类皆为煨烬[6]。八仙收兵奏凯[7],皆入龙王水晶宫殿驻扎去了。

龙王奔投南海

却说南海龙王敖闰升殿,问左右曰:"东海何故烟腾尘起?"有巡海水官奏曰:"东海龙王与八仙交战,所以如此。"龙王曰:"彼既有事,何不通知?"急令点兵看守南洋,又令哨军打探东海消息。言未了,忽殿门外鼎沸,左右报道:"东海龙王带妻子来投。"敖闰大惊,急令接入殿中问故。东海龙王大哭曰:"近因八仙过海,有蓝采和脚踏玉板,光照宫殿。长子摩揭不合夺彼玉板,致令吕纯阳统兵来取,长子与战死焉。次子率兵往救,又被断其一臂而死。吾心恨极,亲自往战,又被四路埋伏战败。急忙退回龙宫,又被将水激运,放火烧干,据住龙宫。人亡国破,无处可依,挈家特投贤弟,伏望垂念同气[8],容留孤穷,振兵报复,以雪大耻,万幸万幸。"敖闰听罢,大怒曰:"太子既夺玉板,亦当理讨,何得如此纵横,杀人放火!大王勿忧,吾当统兵与汝报仇。"且问:"八仙兵有多少?”龙王曰:“兵不多,但精勇耳。”又问:“见屯何处[9]?”对曰:“据住我龙宫。”敖闰喜曰:“彼既屯此,是自送死矣。”龙王曰:“当以何计破之?敖闰曰:“彼居高旱之处,必须提兵遣将,列阵与战,破之颇难。今既龙宫被占,是失其地利,吾决四方之水以灌之,彼即有百万雄兵,通天本领,亦无所用其武矣。”东海龙王曰:“此计大妙,但事在即行。”敖闰急令写告急文书二纸,以达西、北两龙王,约以来日五更,准听连珠号炮,决水助战。差亲信二人持书往西海北海去了。

二王接得文书,开看一遍,令来使回报,来日灌水伺候,唯听号炮进发。敖闰得了二处回音,仍令河海水官四十员,各带领兵去,一齐接应四面之水,务宜张威,须各用心。各官领命去了。又点精兵十万,以助厮杀。又令东海龙王提督各处军务,催军造饭饱食,乃自披挂,坐待五更进发。且看胜负如何?

龙王水灌八仙

却说八仙烧干东海,夺得龙宫,见其中富贵非常,珍宝满地。入后宫观看,只见所失玉板亦在,众仙得之大喜。各相谓曰:“此畜富贵如此,何不知足,夺此玉板何用?今日国破人亡,果是自作孽,不可活也。”言论之间,不觉天晚。众仙战斗困倦,皆曰:“便在此处一宿,明日早赴龙华。”言罢,众仙皆睡。

果老终是春秋高大[10],更兼有事在心,夜卧不寐,醒至四更,听得外面轰轰有炮响,谓众仙曰:“外面人声大作,想有敌兵复来,可作准备。”众曰:“彼已大败,安敢再来?”铁拐曰:“兵法有虚有实。‘善战者,敌不其所守;善守者,敌不知其所攻。’又云:‘攻其无备,出其不意。’[11]此数者皆兵家之所不可忽者也。况彼素善于水,而吾侪又居海下[12],倘决水一灌,不岂皆为鱼鳖乎?”钟离猛省曰:“此言极是。”急令洞宾出视,未及回报,只见一声炮响,喊杀震天,四面潮头,如山似练,滚滚而来。八仙急欲登岸,并无去路,举火烧海,水气从上逼下,火皆无光,水溺至身,无计可脱。正在惊慌,只见国舅一人不溺,行即水开，住即水止。众视之，其腰间宝带，乃辟水犀为的[13]。众仙大喜曰："执此可复此仇矣。"乃各取其犀带一片在手，水即分开一路，众仙登岸逃出。

四海龙王督兵决水，专待八仙溺水，擒获报仇。但见水溺东洋，并无八仙动静，皆以为溺死海中。敖闰报令收兵，乃与三海龙王相会，致谢救援之意。东海龙王亦自向前答谢，传令宫中备下筵席，款待三位龙王。须臾完备，四海龙王皆入宫饮宴去了。

八仙推山筑海

却说八仙逃至海岸，思量退去，又忍一场恶气。思量再战，龙王羽翼又盛。正无计可施，忽洞宾曰："一不做二不休。我有一计，可胜百万之兵。"众问其计安在？洞宾曰："彼能以水溺我，我便以土掩之。方今四海龙王皆在东洋饮宴，不如推倒泰山以填之，此亦是攻其无备，出其不意。彼兵将虽众，方救之不暇，焉能与我开战乎！此回虽压不死龙王，亦可必然胜矣。"众仙贺曰："此计甚妙，甚妙。"于是八人竟上泰山，先将余土沙石搬入东洋，然后八人分作八面，齐力将泰山一抬，震天响了一声，那山倒入海中去了。只见沧海变成桑田。八仙拍掌大笑曰："此可以雪被溺之耻矣。"视之良久，乃投龙华会而去。

却说四海龙王正在饮宴，忽报沙石乱坠，南海龙王曰："此必八仙走脱，又来攻击也。"四王出视，只见泰山将崩。急令军马走时，泰山已倒海中，敖闰所领雄兵全军皆没。仅脱得四王，并左右数十骑耳。东海龙王回头一望，宫殿皆陷泥沙，海面尽成平地，槌胸大叫一声[14]，口吐鲜血，倒于马下，左右救起，同三位龙王皆投南海商议而去。

【注释】

[1] 忝：谦词，辱没，有愧于。

[2] 垓（gāi）心：多指战场或陆地的中心。

[3] 惄（nì）：忧愁。

[4] 噬脐无及：想自咬腹脐，但够不着，比喻后悔莫及。

[5] 挈(qiè)：携带，率领。

[6] 煨(wēi)烬(jìn)：灰烬。

[7] 奏凯：高奏凯歌，谓得胜。

[8] 同气：一般是指兄弟关系。

[9] 见：通“现”。屯：驻扎。

[10] 春秋高大：年纪大。

[11] “善战”句：见《孙子兵法·虚实篇》。“攻其无备，出其不意”句：见《孙子兵法·计篇》。

[12] 吾侪(chái)：吾辈。

[13] 辟水犀：传说中形似犀牛的神兽，出入水中，水为之开。

[14] 椎(chuí)：同“捶”，敲打。

【评析】

“八仙”的故事在民间流传已久，各人的事迹散见于唐宋时期的笔记小说。但当时尚未形成后世所谓的“八仙”群体，各人的故事大多是疏离和独立的。至元明时期，在杂剧、小说中“八仙”才成为一个固定的神仙群体，其成员也逐渐固定下来。元人马致远杂剧《吕洞宾三醉岳阳楼》中所列的“八仙”是吕洞宾、汉钟离、铁拐李、蓝采和、张果老、韩湘子、曹国舅和徐神翁，并无后世“八仙”中的何仙姑。元杂剧《争玉板八仙过海》中的“八仙”与此相同。可见在元代，“八仙”的成员尚与后世微有不同。至吴元泰的《东游记》，何仙姑代替了徐神翁，“八仙”最终定型。因此，在“八仙”故事的形成过程中，《东游记》发挥了不容忽视的作用。《东游记》作为长篇神魔小说，其故事主要包括两个部分。其一是“八仙”各自得道成仙的经过，其二则是“八仙”与四海龙王、天兵天将的两次大规模战争。此处选取的六回主要描写“八仙”与四海龙王的大战。故事起因于八仙过海之时，蓝采和的玉板为东海龙王太子摩揭所夺，蓝采和也因此被囚。吕洞宾等人在救人和讨玉板的过程中杀死东海龙王的两位太子，又在龙王复仇之际火烧东洋，占据东海龙宫，导致龙王出逃。嗣后，四海龙王水灌“八仙”，扳回一局。“八仙”则推倒泰山填海，将大海夷为平地，取得彻底胜利。小说在具体的战斗描写中，人物的语言和形象十分生动，交战前的谋划和交战过程的细节描写丰富多彩，双方你来我往的情节转换也显得跌宕起伏，引人入胜。当然，作为神仙打架的故事，虽然有人间战争的影子，但最为精彩的还是双方法术方面的较量。其中"八仙"火烧东洋、推山筑海以及龙王水灌"八仙"等桥段，虽荒诞离奇，但想象力惊人，具有强烈的浪漫主义色彩。

吴承恩

吴承恩(约 1500—约 1582),明代文学家。字汝忠,号射阳山人,淮安府山阳(今江苏淮安)人。自幼博览群书,尤喜爱神话故事,但科举屡遭挫折,四十余岁方补为岁贡生。嘉靖中任长兴县丞、荆府纪善。晚年绝意仕进,闭门著书。诗文清雅流丽,有《射阳先生存稿》。另有小说《禹鼎志》,已佚。后世多认为他是古典长篇小说《西游记》的作者。

西 游 记(节选)

却说美猴王荣归故里,自剿了混世魔王,夺了一口大刀。逐日操演武艺,教小猴砍竹为标,削木为刀,治旗幡,打哨子,一进一退,安营下寨,顽耍多时。忽然静坐处,思想道:“我等在此,恐作耍成真,或惊动人王,或有禽王、兽王认此犯头[1],说我们操兵造反,兴师来相杀,汝等都是竹竿木刀,如何对敌?须得锋利剑戟方可。如今奈何?”众猴闻说,个个惊恐道:“大王所见甚长,只是无处可取。”正说间,转上四个老猴,两个是赤尻马猴,两个是通背猿猴,走在面前道:“大王,若要治锋利器械,甚是容易。”悟空道:“怎见容易?”四猴道:“我们这山,向东去,有二百里水面,那厢乃傲来国界[2]。那国界中有一王位,满城中军民无数，必有金银铜铁等匠作。大王若去那里，或买或造些兵器，教演我等，守护山场，诚所谓保泰长久之机也。”悟空闻说，满心欢喜道：“汝等在此顽耍，待我去来。”

好猴王，即纵筋斗云，霎时间过了二百里水面。果见那厢有座城池，六街三巷，万户千门，来来往往，人都在光天化日之下。悟空心中想道：“这里定有现成的兵器，我待下去买他几件，还不如使个神通觅他几件倒好。”他就捻起诀来，念动咒语，向巽地上吸一口气[3]，呼的吹将去，便是一阵狂风，飞沙走石，好惊人也。

炮云起处荡乾坤，黑雾阴霾大地昏。
江海波翻鱼蟹怕，山林树折虎狼奔。
诸般买卖无商旅，各样生涯不见人。
殿上君王归内院，阶前文武转衙门。
千秋宝座都吹倒，五凤高楼幌动根。

风起处，惊散了那傲来国君王，三市六街，都慌得关门闭户，无人敢走。悟空才按下云头，径闯入朝门里，直寻到兵器馆、武库中，打开门扇，看时，那里面无数器械：刀、枪、剑、戟、斧、钺、戈、镰、鞭、钯、挝、简、弓、弩、叉、矛，件件俱备，一见甚喜道：“我一人能拿几何？还使个分身法搬将去罢。”好猴王，即拔一把毫毛，入口嚼烂，喷将出去，念动咒语，叫声“变！”变做千百个小猴，都乱搬乱抢；有力的拿五七件，力小的拿三二件，尽数搬个罄净[4]。径踏云头，弄个摄法，唤转狂风，带领小猴，俱回本处。

却说那花果山大小儿猴，正在那洞门外顽耍，忽听得风声响处，见半空中，丫丫叉叉[5]，无边无岸的猴精，唬得都乱跑乱躲。少时，美猴王按落云头，收了云雾，将身一抖，收了毫毛，将兵器都乱堆在山前，叫道：“小的们！都来领兵器！”众猴看时，只见悟空独立在平阳之地，俱跑来叩头问故。悟空将前使狂风、搬兵器一应事说了一遍。众猴称谢毕，都去抢刀夺剑，挝斧争枪，扯弓扳弩，吆吆喝喝，耍了一日。

次日，依旧排营。悟空会聚群猴，计有四万七千馀口。早惊动满山怪兽，都是些狼、虫、虎、豹、麖、麂、獐、狍、狐、狸、獾、狢、狮、象、狻猊、猩猩、熊、鹿、野豕、山牛、羚羊、青兕、狡儿、神獒……各样妖王，共有七十二洞，都来参拜猴王为尊。每年献贡，四时点卯[6]。也有随班操备的，也有随节征粮的，齐齐整整，把一座花果山造得似铁桶金城。各路妖王，又有进金鼓，进彩旗，进盔甲的，纷纷攘攘，日逐家习舞兴师。

美猴王正喜间，忽对众说道："汝等弓弩熟谙，兵器精通，奈我这口刀着实榔槺[7]，不遂我意，奈何？"四老猴上前启奏道："大王乃是仙圣，凡兵是不堪用；但不知大王水里可能去得？"悟空道："我自闻道之后，有七十二般地煞变化之功；筋斗云有莫大的神通；善能隐身遁身，起法摄法；上天有路，入地有门；步日月无影，入金石无碍；水不能溺，火不能焚。那些儿去不得？"四猴道："大王既有此神通，我们这铁板桥下，水通东海龙宫。大王若肯下去，寻着老龙王，问他要件甚么兵器，却不趁心？"悟空闻言甚喜道："等我去来。"

好猴王，跳至桥头，使一个闭水法，捻着诀，扑的钻入波中，分开水路，径入东洋海底。正行间，忽见一个巡海的夜叉，挡住问道："那推水来的，是何神圣？说个明白，好通报迎接。"悟空道："我乃花果山天生圣人孙悟空，是你老龙王的紧邻，为何不识？"那夜叉听说，急转水晶宫传报道："大王，外面有个花果山天生圣人孙悟空，口称是大王紧邻，将到宫也。"东海龙王敖广即忙起身，与龙子、龙孙、虾兵、蟹将出宫迎道："上仙请进，请进。"直至宫里相见，上坐献茶毕，问道："上仙几时得道，授何仙术？"悟空道："我自生身之后，出家修行，得一个无生无灭之体。近因教演儿孙，守护山洞，奈何没件兵器。久闻贤邻享乐瑶宫贝阙，必有多馀神器，特来告求一件。"龙王见说，不好推辞，即着鳜都司取出一把大捍刀奉上。悟空道："老孙不会使刀，乞另赐一件。"龙王又着鲌太尉，领鳝力士，抬出一捍九股叉来。悟空跳下来，接在手中，使了一路，放下道："轻！轻！轻！又不趁手！再乞另赐一件。"龙王笑道："上仙，你不曾看这叉，有三千六百斤重哩！"悟空道："不趁手！不趁手！"龙王心中恐惧，又着鳊提督、鲤总兵抬出一柄画捍方天戟。那戟有七千二百斤重。悟空见了，跑近前接在手中，丢几个架子，撒两个解数，插在中间道："也还轻！轻！轻！"老龙王一发害怕道："上仙，我宫中只有这根戟重，再没甚么兵器了。"悟空笑道："古人云：'愁海龙王没宝哩！'你再去寻寻看。若有可意的，一一奉价。"龙王道："委的再无。"[8]

正说处，后面闪过龙婆、龙女道："大王，观看此圣，决非小可。我们这海藏中，那一块天河定底的神珍铁，这几日霞光艳艳，瑞气腾腾，敢莫是该出现，遇此圣也？"龙王道："那是大禹治水之时，定江海浅深的一个定子，是一块神铁，能中何用？"龙婆道："莫管他用不用，且送与他，凭他怎么改造，送出宫门便了。"老龙王依言，尽向悟空说了。悟空道："拿出来我看。"龙王摇手道："扛不动！抬不动！须上仙亲去看看。"悟空道："在何处？你引我去。"龙王果引导至海藏中间，忽见金光万道。龙王指定道："那放光的便是。"悟空撩衣上前，摸了一把，乃是一根铁柱子，约有斗来粗，二丈有馀长。他尽力两手挝过道："忒粗忒长些！再短细些方可用。"说毕，那宝贝就短了几尺，细了一围。悟空又颠一颠道："再细些更好！"那宝贝真个又细了几分。悟空十分欢喜，拿出海藏看时，原来两头是两个金箍，中间乃一段乌铁；紧挨箍有镌成的一行字，唤做"如意金箍棒，重一万三千五百斤。"心中暗喜道："想必这宝贝如人意！"一边走，一边心思口念，手颠着道："再短细些更妙！"拿出外面，只有二丈长短，碗口粗细。

你看他弄神通，丢开解数，打转水晶宫里，唬得老龙王胆战心惊，小龙子魂飞魄散；龟鳖鼋鼍皆缩颈，鱼虾鳌蟹尽藏头。悟空将宝贝执在手中，坐在水晶宫殿上，对龙王笑道："多谢贤邻厚意。"龙王道："不敢，不敢。"悟空道："这块铁虽然好用，还有一说。"龙王道："上仙还有甚说？"悟空道："当时若无此铁，倒也罢了；如今手中既拿着他，身上更无衣服相趁，奈何？你这里若有披挂，索性送我一副，一总奉谢。"[9]龙王道："这个却是没有。"悟空道："'一客不犯二主。'若没有，我也定不出此门。"龙王道："烦上仙再转一海，或者有之。"悟空又道："'走三家不如坐一家。'千万告求一副。"龙王道："委的没有；如有即当奉承。"悟空道："真个没有，就和你试试此铁！"龙王慌了道："上仙，切莫动手！切莫动手！待我看舍弟处可有，当送一副。"悟空道："令弟何在？"龙王道："舍弟乃南海龙王敖钦、北海龙王敖顺、西海龙王敖闰是也。"悟空道："我老孙不去！不去！俗语谓'赊三不敌见二'，只望你随高就低的送一副便了。"老龙道："不须上仙去。我这里有一面铁鼓，一口金钟；凡有紧急事，擂得鼓响，撞得钟鸣，舍弟们就顷刻而至。"悟空道："既是如此，快些去擂鼓撞钟！"真个那鼍将便去撞钟，鳖帅即来擂鼓。

少时，钟鼓响处，果然惊动那三海龙王，须臾来到，一齐在外面会着。敖钦道："大哥，有甚紧事，擂鼓撞钟？"老龙道："贤弟！不好说！有一个花果山甚么天生圣人，早间来认我做邻居，后要求一件兵器，献钢叉嫌小，奉画戟嫌轻。将一块天河定底神珍铁，自己拿出手，丢了些解数。如今坐在宫中，又要索甚么披挂。我处无有，故响钟鸣鼓，请贤弟来。你们可有甚么披挂，送他一副，打发出门去罢了。"敖钦闻言，大怒道："我兄弟们，点起兵，拿他不是！"老龙道："莫说拿！莫说拿！那块铁，挽着些儿就死，磕着些儿就亡；挨挨儿皮破，擦擦儿筋伤！"西海龙王敖闰说："二哥不可与他动手；且只凑副披挂与他，打发他出了门，启表奏上上天，天自诛也。"北海龙王敖顺道："说的是。我这里有一双藕丝步云履哩。"西海龙王敖闰道："我带了一副锁子黄金甲哩。"南海龙王敖钦道："我有一顶凤翅紫金冠哩。"老龙大喜，引入水晶宫相见了，以此奉上。悟空将金冠、金甲、云履都穿戴停当，使动如意棒，一路打出去，对众龙道："聒噪！聒噪！"[10]四海龙王甚是不平，一边商议进表上奏不题。

【注释】

[1] 犯头：侵犯的由头，即借口。

[2] 那厢：那边。

[3] 巽地：东南方向。

[4] 罄净：干干净净。

[5] 丫丫叉叉：树木枝丫杂乱交叉貌。

[6] 点卯：古时衙门在卯时查点到班人员，亦泛指点名。

[7] 榔槺：器物笨重，用起来不灵便。

[8] 委的：委实，确实。

[9] 一总：一起，一块儿。

[10] 聒(guō)噪：吵闹。

【评析】

《西游记》以唐代高僧玄奘法师赴天竺求取佛经的历史故事为蓝本。唐太宗贞观初年(627)，玄奘只身离开长安，经河西走廊，出玉门关，过吐鲁番，历经艰辛，到达天竺；在天竺精研佛学后，又于贞观十九年(645)回到长安。玄奘此行历时十九年，行程五万余里，取回佛经六百余部。在玄奘口述、其弟子辩机编纂的《大唐西域记》及玄奘的弟子慧立与彦悰所撰的《大唐大慈恩寺三藏法师传》中，对玄奘西行进行记载的同时，已夹杂了某些神话传说和佛经故事，为后人演绎这一传奇经历奠定了基础。嗣后，宋元话本《大唐三藏取经诗话》《西游记平话》及元明时期的杂剧等文学作品进一步发挥想象，“西游”故事逐渐丰富和定型。这些都为吴承恩创作《西游记》提供了条件。《西游记》中人物众多，各具神采，唐僧大弟子孙悟空无疑是其中塑造的主要人物。本段文字节选自《西游记》第三回，主要描写孙悟空赴东海龙宫求取如意金箍棒和披挂一事。此时的孙悟空刚刚学成一身本领回到花果山，既未经历大的磨难，也未参佛向道，可谓野性难驯。面对慕名而来的孙悟空，龙王一开始准备以普通兵器将其打发走，但刀、叉、戟等兵器皆不如悟空所愿，无奈之下只得以大禹治水时留下的定海神铁相赠。悟空在求得如意金箍棒后，再向龙王强索一副披挂，并且表现出不达目的誓不罢休的态度，真可谓得寸进尺、冥顽不化。作者这样一波三折地描写悟空获得如意金箍棒和披挂的过程，将一件小事写得委曲细腻，饶有趣味，一步步凸显了悟空桀骜不驯、强者为尊的性格特点，也为他之后大闹天宫惹下滔天大祸埋下伏笔。其中值得注意的还有作者对海底世界的描写，那里是一个富含宝藏的神秘世界，有瑶宫贝阙，有各种巨大而神奇的器物，正如悟空口中的俗语“愁海龙王没宝哩”所暗示的；同时其社会架构也与人间类似，有龙王、龙婆、龙女，有鳜都司、鲌太尉、鳝力士、鳊提督、鲤总兵等官员。可以说，这样的描写集中体现了古人对海底世界奇幻多宝的想象和强烈的探索之心。

许仲琳

许仲琳(约1560—约1630),明代小说家。号钟山逸叟,应天府(今江苏南京)人,生平事迹不详。相传长篇小说《封神演义》由他编辑成书。

封神演义(节选)

话说陈塘关有一总兵官,姓李,名靖,自幼访道修真,拜西昆仑度厄真人为师,学成五行遁术。因仙道难成,故遣下山辅佐纣王,官居总兵,享受人间之富贵。元配殷氏生有二子:长曰金吒,次曰木吒。殷夫人后又怀孕在身,已及三年零六个月,尚不生产。李靖时常心下忧疑。一日,指夫人之腹言曰:"孕怀三载有余,尚不降生,非妖即怪。"夫人亦烦恼曰:"此孕定非吉兆,教我日夜忧心。"李靖听说,心下甚是不乐。

当晚夜至三更,夫人睡得正浓,梦见一道人,头挽双髻,身着道服,径进香房。夫人叱曰:"这道人甚不知理,此乃内室,如何径进,着实可恶!"道人曰:"夫人快接麟儿!"夫人未及答,只见道人将一物往夫人怀中一送,夫人猛然惊醒,骇出一身冷汗。忙唤醒李总兵曰:"适才梦中,如此如此。"说了一遍。言未毕时,殷夫人已觉腹中疼痛。李靖急起来至前厅坐下,暗想:"怀身三年零六个月,今夜如此,莫非降生?吉凶尚未可知。”正思虑间，只见两个侍儿慌忙前来：“启老爷，夫人生下一个妖精来了！”

李靖听说，急忙来至香房，手执宝剑，只见房里一团红气，满屋异香，有一肉球滴溜溜圆转如轮。李靖大惊，望肉球上一剑砍去，划然有声。分开肉球，跳出一个小孩儿来，满地红光，面如傅粉，右手套一金镯，肚腹上围着一块红绫，金光射目。这位神圣下世，出在陈塘关，乃姜子牙先行官是也，灵珠子化身。金镯是“乾坤圈”，红绫名曰“混天绫”，此物乃是乾元山镇金光洞之宝。表过不题。只见李靖砍开肉球，见一孩儿满地上跑。李靖骇异，上前一把抱将起来，分明是个好孩子，又不忍作为妖怪坏他性命，乃递与夫人看。彼此恩爱不舍，各各忧喜。

却说次日，有许多属官，俱来贺喜。李靖刚发放完毕，中军官来禀：“启老爷，外面有一道人求见。”李靖原是道门，怎敢忘本。忙道：“请来。”军政官急请道人。道人径上大厅，朝上对李靖曰：“将军，贫道稽首了。”[1]李靖忙答礼毕，尊道人上坐。道人不谦，便就坐下。李靖曰：“老师何处名山？甚么洞府？今到此关，有何见谕？”道人曰：“贫道乃乾元山金光洞太乙真人是也。闻得将军生了公子，特来贺喜。借令公子一看，不知尊意如何？”

李靖闻道人之言，随唤侍儿抱将出来。侍儿将公子抱将出来，道人接在手看了一看，问曰：“此子落在那个时辰？”李靖答曰：“生在丑时。”道人曰：“不好。”李靖问曰：“此子莫非养不得么？”道人曰：“非也。此子生于丑时，正犯了一千七百杀戒。”又问：“此子可曾起名否？”李靖答曰：“不曾。”道人曰：“待贫道与他起个名，就与贫道做个徒弟，何如？”李靖答曰：“愿拜道者为师。”道人曰：“将军有几位公子？”李靖答曰：“不才有三子：长曰金吒，拜五龙山云霄洞文殊广法天尊为师；次曰木吒，拜九宫山白鹤洞普贤真人为师。老师既要此子为门下，但凭起一名讳，便拜道者为师。”道人曰：“此子第三，取名叫做哪吒。”李靖谢曰：“多承厚德命名，感谢不尽。”唤左右看斋[2]，道人乃辞曰：“这个不必。贫道有事，即便回山。”着实固辞，李靖只得送道人出府。那道人别过，径自去了。

话说李靖在关上无事，忽闻报天下反了四百诸侯。忙传令出，把守关隘，操演三军，训练士卒，谨提防野马岭要地。乌飞兔走，瞬息光阴，暑往寒来，不觉七载。哪吒年方七岁，身长六尺。时逢五月，天气炎热，李靖因东伯侯姜文焕反了，在游魂关大战窦融，因此每日操练三军，教练士卒。不表。

且说三公子哪吒见天气暑热，心下烦躁，来见母亲。参见毕，站立一傍，对母亲曰："孩儿要出关外闲玩一会。禀过母亲，方敢前去。"殷夫人爱子之心重，便叫："我儿，你既要去关外闲玩，可带一名家将领你去，不可贪顽，快去快来。恐怕你爹爹操练回来。"哪吒应道："孩儿晓得。"哪吒同家将出得关来，正是五月天气，也就着实炎热。但见：

太阳真火炼尘埃，绿柳娇柔欲化灰。
行旅畏威慵举步，佳人怕热懒登台。
凉亭有暑如烟燎，水阁无风似火埋。
慢道荷香来曲院，轻雷细雨始开怀。

话说哪吒同家将出关，约行一里之余，天热难行。哪吒走得汗流满面，乃叫家将："看前面树荫之下可好纳凉？"家将来到绿柳阴中，只见熏风荡荡，烦襟尽解。急忙走回来对哪吒禀曰："禀公子，前面柳阴之内甚是清凉，可以避暑。"哪吒听说不觉大喜，便走进林内解开衣带，舒放襟怀，甚是快乐。猛忽的见那壁厢清波滚滚[3]，绿水滔滔，真是两岸垂杨风习习，崖傍乱石水潺潺。哪吒立起身来走到河边，叫家将："我方才走出关来，热极了，一身是汗。如今且在石上洗一个澡。"家将曰："公子仔细，只怕老爷回来，可早些回去。"哪吒曰："不妨。"脱了衣裳坐在石上，把七尺混天绫放在水里蘸水洗澡。不知这河是九湾河，乃东海口上。哪吒将此宝放在水中，把水俱映红了。摆一摆，江河晃动；摇一摇，乾坤动撼。那哪吒洗澡，不觉那水晶宫已晃的乱响。

不说那哪吒洗澡，且说东海敖光在水晶宫坐，只听得宫阙震响。敖光忙唤左右，问曰："地不该震，为何宫殿晃摇？传与巡海夜叉李艮，看海口是何物作怪。"夜叉来到九湾河一望，见水俱是红的，光华灿烂，只见一小儿将红罗帕蘸水洗澡。夜叉分水，大叫曰："那孩子将甚么作怪东西把河水映红，宫殿摇动？”哪吒回头一看，见水底一物，面如蓝靛[4]，发似朱砂，巨口獠牙，手持大斧。哪吒曰：“你那畜生，是个甚东西，也说话？”夜叉大怒：“吾奉主公点差巡海夜叉，怎骂我是畜生？”分水一跃，跳上岸来，望哪吒顶上一斧劈来。哪吒正赤身站立，见夜叉来得勇猛，将身躲过，把右手套的乾坤圈望空中一举。此宝原系昆仑山玉虚宫所赐太乙真人镇金光洞之物，夜叉那里经得起？那宝打将下来，正落在夜叉头上，只打的脑浆迸流，即死于岸上。哪吒笑曰：“把我的乾坤圈都污了。”复到石上坐下，洗那圈子。水晶宫如何经得起此二宝震撼，险些儿把宫殿俱晃倒了。敖光曰：“夜叉去探事未回，怎的这等凶恶！”

正说话间，只见龙兵来报：“夜叉李艮被一孩童打死在陆地，特启龙君知道。”敖光大惊：“李艮乃灵霄殿御笔点差的，谁敢打死？”敖光传令：“点龙兵，待吾亲去，看是何人！”语未了，只见龙王三太子敖丙出来，口称：“父王，为何大怒？”敖光将李艮打死的事说了一遍。三太子曰：“父王请安，孩儿出去拿来便是。”忙调龙兵，上了逼水兽，提画杆戟，径出水晶宫来。分开水势，浪如山倒，波涛横生，平地水长数尺。

哪吒起身看着水，言曰：“好大水！好大水！”只见波浪中现一水兽，兽上坐一人，全装服色，持戟骁雄[5]，大叫曰：“是甚人打死我巡海夜叉李艮？”哪吒曰：“是我。”敖丙一见，问曰：“你是谁人？”哪吒答曰：“我乃陈塘关李靖第三子哪吒是也。俺父亲镇守此间，乃一镇之主。我在此避暑洗澡，与他无干；他来骂我，我打死了他，也无妨。”三太子敖丙大惊曰：“好泼贼！夜叉李艮乃天王殿差，你敢大胆将他打死，尚敢撒泼乱言！”太子将画戟便刺，来取哪吒。哪吒手无寸铁，把头一低，钻将过去：“少待动手，你是何人？通个姓名，我有道理。”敖丙曰：“孤乃东海龙君三太子敖丙是也。”哪吒笑曰：“你原来是敖光之子，你妄自尊大，若恼了我，连你那老泥鳅都拿出来，把皮也剥了他的。”三太子大叫一声：“气杀我！好泼贼，这等无礼！”又一戟刺来。哪吒急了，把七尺混天绫望空一展，似火块千团，往下一裹，将三太子裹下逼水兽来。哪吒抢一步赶上去，一脚踏住敖丙的颈项，提起乾坤圈照顶门一下，把三太子的元身打出[6]，是一条龙，在地上挺直。哪吒曰："打出这小龙的本像来了。也罢，把他的筋抽去，做一条龙筋绦与俺父亲束甲。"[7]

哪吒把三太子的筋抽了，径带进关来。把家将吓得浑身骨软筋酥，腿慢难行，挨到帅府门前。哪吒来见母夫人。夫人曰："我儿，你往那里耍子，便去这半日？"哪吒曰："关外闲行，不觉来迟。"哪吒说罢，往后园去了。

且说李靖操演回来，发放左右，自卸衣甲，坐于后堂。忧思纣王失政，逼反天下四百诸侯，日见生民涂炭，正在那里烦恼。

且说敖光在水晶宫，只听得龙兵来报说："陈塘关李靖之子哪吒，把三太子打死，连筋都抽去了。"敖光听报，大惊曰："吾儿乃兴云步雨滋生万物正神，怎说打死了！李靖，你在西昆仑学道，吾与你也有一拜之交，你敢纵子为非，将我儿子打死，这也是百世之冤，怎敢又将我儿子筋都抽了！"言之痛心切骨。敖光大怒，恨不能即与其子报仇，随化一秀士[8]，径往陈塘关来。至于帅府，对门官曰："你与我传报，有故人敖光拜访。"军政官进内厅禀曰："启老爷，外有故人敖光拜访。"李靖曰："吾兄一别多年，今日相逢，真是天幸。"忙整衣来迎。

敖光至大厅施礼坐下，李靖见敖光一脸怒色，方欲动问，只见敖光曰："李贤弟，你生的好儿子！"李靖笑答曰："长兄，多年未会，今日有逢，真是天幸，何故突发此言？若论小弟，止有三子：长曰金吒，次曰木吒，三曰哪吒，俱拜名山道德之士为师，虽未见好，亦不是无赖之辈。长兄莫要错见。"敖光曰："贤弟，你错见了，我岂错见！你的儿子在九湾河洗澡，不知用何法术，将我水晶宫几乎震倒。我差夜叉来看，便将我夜叉打死。我第三子来看，又将我三太子打死，还把他筋都抽了来。"敖光说至此，不觉心酸，勃然大怒曰："你还说不晓事护短的话！"李靖忙陪笑答曰："不是我家，兄错怪了我。我长子在五龙山学艺，二子在九宫山学艺，三子七岁，大门不出，从何处做出这等大事来？"敖光曰："便是你第三子哪吒打的！"李靖曰："真是异事非常。长兄不必性急，待我教他出来你看。"

李靖往后堂来，殷夫人问曰："何人在厅上？"李靖曰："故友敖光。

不知何人打死他三太子，说是哪吒打的。如今叫他出去与他认。哪吒今在那里?”殷夫人自思：“只今日出门，如何做出这等事来?”不敢回言，只说：“在后园里面。”李靖径进后园来叫：“哪吒在那里?”叫了半个时辰不应。李靖径走到海棠轩来，见门又关住。李靖在门口大叫，哪吒在里面听见，忙开门来见父亲。李靖便问：“我儿，你在此作何事?”哪吒对曰：“孩儿今日无事出关，至九湾河顽耍，偶因炎热，下水洗个澡。叵耐有个夜叉李艮，孩儿又不惹他，他百般骂我，还拿斧来劈我。是孩儿一圈打死了。不知又有个甚么三太子叫做敖丙，持画戟刺我。被我把混天绫裹他上岸，一脚踏住颈项，也是一圈，不意打出一条龙来。孩儿想龙筋最贵气，因此上抽了他的筋来，在此打一条龙筋绦，与父亲束甲。”就把李靖只吓得张口如痴，结舌不语。半晌，大叫曰：“好冤家！你惹下无涯之祸，你快出去见你伯父，自回他话。”哪吒曰：“父亲放心，不知者不坐罪。筋又不曾动他的，他要，原物在此，待孩儿见他去。”

哪吒急走来至大厅，上前施礼，口称：“伯父，小侄不知，一时失措，望伯父恕罪。原筋交付明白，分毫未动。”敖光见物伤情，对李靖曰：“你生出这等恶子，你适才还说我错了。今他自己供认，只你意上可过的去！况吾子者，正神也；夜叉李艮亦系御笔点差，岂得你父子无故擅行打死！我明日奏上玉帝，问你的师父要你！”敖光径扬长去了。

李靖顿足放声大哭：“这祸不小！”夫人听见前庭悲哭，忙问左右侍儿，侍儿回报曰：“今日三公子因游玩，打死龙王三太子。适才龙王与老爷折辨，明日要奏准天庭。不知老爷为何啼哭。”夫人着忙，急至前庭来看李靖。李靖见夫人来，忙止泪，恨曰：“我李靖求仙未成，谁知你生下这样好儿子，惹此灭门之祸！龙王乃施雨正神，他妄行杀害。明日玉帝准奏施行，我和你多则三日，少则两朝，俱为刀下之鬼！”说罢又哭，情甚惨切。夫人亦泪如雨下，指哪吒而言曰：“我怀你三年零六个月方才生你，不知受了多少苦辛。谁知你是灭门绝户之祸根也！”

哪吒见父母哭泣，立身不安，双膝跪下，言曰：“爹爹，母亲，孩儿今日说了罢。我不是凡夫俗子，我是乾元山金光洞太乙真人弟子。此宝皆系师父所赐，料敖光怎的敌得我。我如今往乾元山上问我师尊，必有主意。常言道‘一人做事一人当’，岂敢连累父母？”哪吒出了府门，抓一把土望空一洒，寂然无影，此是生来根本，借土遁往乾元山来。

【注释】

[1] 稽(qǐ)首：古时一种叩头至地的跪拜礼，此处指道士向李靖俯首行礼。

[2] 看斋：准备斋饭。

[3] 那壁厢：那边。

[4] 蓝靛(diàn)：深蓝色。

[5] 骁(xiāo)雄：勇猛威武。

[6] 元身：原形，即下文的“本像”。

[7] 绦(tāo)：用丝编织的带子或绳子。

[8] 秀士：秀才。

【评析】

《封神演义》所写的武王伐纣的故事虽是一段改朝换代的历史事实，但作者却运用丰富的想象力，塑造了一大批仙怪形象，哪吒就是其中的代表之一。哪吒是中国神话史上流传了上千年的神仙，其原型托塔李天王三太子最早源自古波斯和古印度的神话。随着本土化的传播，哪吒变得不仅天生神通，而且具备了嫉恶如仇、孝顺父母等儒家的伦理品德。在哪吒本土化形象的确立过程中，《封神演义》扮演了重要角色。本段选文节录自小说第十二回。陈塘关总兵李靖之子哪吒在关外的九湾河里洗澡，搅得东海龙宫地动山摇，嗣后更是杀死龙王派出的巡海夜叉李艮及三太子敖丙。痛失爱子的东海龙王上门告状，并威胁将上奏天庭，治哪吒之罪。这就是著名的哪吒闹海故事的前半段，也是哪吒在小说中的出场故事。哪吒与夜叉和三太子战斗的过程，展示了他的神勇无敌；他杀死夜叉和龙王三太子，不仅不觉得是惹祸，反倒觉得好玩，完全是一个无知无畏的顽童形象；他抽出龙筋，准备为父亲编织一条龙筋带用以束甲，显示出他对父亲的孝敬之心；当他自知闯下大祸时，又说出“常言道‘一人做事一人当’，岂敢连累父母？”这样的话，则又表现出敢做敢当的精神。总之，在这个出场戏中，哪吒的神性、魔性和人性等品质皆已具备，真可谓先声夺人。

蒲松龄

蒲松龄(1640—1715),清代文学家。字留仙,一字剑臣,号柳泉居士,济南府淄川(今山东淄博)人。室名聊斋,世称聊斋先生。十九岁应童子试,县、府、道三试第一,受到山东学道施闰章的奖誉。其后屡试不第,困于场屋,七十一岁补为岁贡生。除一度在宝应、高邮等地做幕宾外,常年在本县毕际有家坐馆谋生。蒲松龄生性好奇,青年时期即热衷记述奇闻异事与狐鬼故事,晚年撰成文言短篇小说集《聊斋志异》,嗣后续有补入,终成巨帙。此书多写神仙狐鬼精怪故事,借此表达对社会人生的思考和憧憬,为古典文言短篇小说集大成之作。

海 公 子

东海古迹岛[1],有五色耐冬花[2],四时不凋。而岛中古无居人,人亦罕到之。登州张生[3],好奇,喜游猎。闻其佳胜,备酒食,自掉扁舟而往[4]。至则花正繁,香闻数里;树有大至十馀围者。反复留连,甚慊所好[5]。开尊自酌,恨无同游。忽花中一丽人来,红裳炫目,略无伦比。见张,笑曰:"妾自谓兴致不凡,不图先有同调。"张惊问何人。曰:"我胶娼也[6]。适从海公子来。彼寻胜翱翔[7],妾以艰于步履[8],故留此耳。"张方苦寂[9],得美人,大悦,招坐共饮。女言词温婉,荡人神志,张爱好之。恐海公子来，不得尽欢，因挽与乱[10]。女忻从之[11]。相狎未已，忽闻风肃肃，草木偃折有声[12]。女急推张起，曰："海公子至矣。"张束衣愕顾，女已失去。旋见一大蛇，自丛树中出，粗于巨筩[13]。张惧，幛身大树后[14]，冀蛇不睹。蛇近前，以身绕人并树，纠缠数匝[15]；两臂直束胯间，不可少屈[16]。昂其首，以舌刺张鼻。鼻血下注，流地上成窪[17]，乃俯就饮之。张自分必死[18]，忽忆腰中佩荷囊，有毒狐药，因以二指夹出，破裹堆掌中；又侧颈自顾其掌，令血滴药上，顷刻盈把[19]。蛇果就掌吸饮。饮未及尽，遽伸其体，摆尾若霹雳声，触树，树半体崩落，蛇卧地如梁而毙矣。张亦眩莫能起，移时方苏[20]。载蛇而归。大病月馀。疑女子亦蛇精也。

【注释】

[1] 古迹岛：谷积岛，今山东青岛附近的海岛。

[2] 耐冬花：山茶花，能耐严寒，故名耐冬。

[3] 登州：今山东蓬莱。

[4] 掉(zhào)：通"棹"，船桨，此处指划船。

[5] 慊(qiè)：满足，满意。

[6] 胶娼：胶州的娼妓。胶州，今属山东青岛。

[7] 彼：他，这里指海公子。寻胜：寻访美景。翱翔：本指飞翔，此处指四处游览。

[8] 艰于步履：步行困难。

[9] 方：正。苦寂：苦于寂寞。

[10] 与乱：与其交欢。

[11] 忻(xīn)：通"欣"，欣喜。

[12] 偃折：草木倒伏折断。

[13] 筩(tǒng)：同"筒"，竹制容器。

[14] 幛：通"障"，躲藏，遮挡。

[15] 数匝(zā)：数圈。

[16] 少屈：稍微弯曲。

[17] 窪(wā)：同"洼"，水洼。

[18] 自分(fèn):自以为。分,考虑,思量。

[19] 盈把:满满一手。

[20] 移时:经过一段时间。苏:苏醒。

【评析】

故事写登州张生在古迹岛上的一次神奇经历,包括两部分内容。其一是与红衣女子的艳遇。此时的张生完全被女子的美貌所迷惑,对于人迹罕至的岛屿上出现的美貌女子,张生丝毫不怀疑她的来历,而对女子口中所谓的海公子,张生也并未放在心上。张生一个人海岛游玩,苦于孤寂,而女子言词温婉,荡人神志,似乎也在有意勾引张生。就这样,二人遂行苟且之事。读到这里,我们可能认为蒲松龄所写的不过是一个香艳风流的故事,然而接下来作者笔锋一转,海公子出场,故事的第二部分也随之展开。原来所谓的"海公子",是一条粗如巨筒的大蟒蛇,纵使张生想方设法躲避,依然被蛇缠绕得动弹不得。命悬一线之际,张生急中生智,以随身携带的毒狐药毒杀了大蛇,勉强捡回一条性命。统观这两部分内容,第一部分是美景、美人与艳遇,第二部分则是巨蛇、毒药与蛇毙人眩。前者让人心荡神移,后者则让人惊心动魄。两相对比,使得短小的故事充满了戏剧性的张力,令人印象深刻。鲁迅说,《聊斋志异》是"用传奇法,而以志怪"(《中国小说史略》),意思是说,《聊斋志异》的故事既有志怪小说的虚幻诡异,又有传奇小说的曲折多致与叙述婉转。我们从《海公子》这篇短小的故事中,可以一窥蒲松龄讲故事的高超技巧。

罗刹海市

马骥,字龙媒,贾人子。美丰姿,少倜傥,喜歌舞。辄从梨园子弟[1],以锦帕缠头,美如好女,因复有"俊人"之号。十四岁,入郡庠[2],即知名。父衰老,罢贾而居。谓生曰:"数卷书,饥不可煮,寒不可衣。吾儿可仍继父贾。"马由是稍稍权子母[3]。

从人浮海,为飓风引去,数昼夜,至一都会。其人皆奇丑;见马至,以为妖，群哗而走。马初见其状，大惧；追知国人之骇己也[4]，遂反以此欺国人。遇饮食者，则奔而往；人惊遁，则啜其馀。久之，入山村。其间形貌亦有似人者，然褴褛如丐[5]。马息树下，村人不敢前，但遥望之。久之，觉马非噬人者[6]，始稍稍近就之。马笑与语。其言虽异，亦半可解。马遂自陈所自。村人喜，遍告邻里，客非能搏噬者。然奇丑者望望即去，终不敢前。其来者，口鼻位置，尚皆与中国同。共罗浆酒奉马。马问其相骇之故。答曰："尝闻祖父言：西去二万六千里，有中国，其人民形象率诡异。但耳食之[7]，今始信。"问其何贫。曰："我国所重，不在文章，而在形貌。其美之极者，为上卿[8]；次任民社[9]；下焉者，亦邀贵人宠，故得鼎烹以养妻子[10]。若我辈初生时，父母皆以为不祥，往往置弃之；其不忍遽弃者，皆为宗嗣耳。"问："此名何国？"曰："大罗刹国[11]。都城在北去三十里。"马请导往一观。于是鸡鸣而兴，引与俱去。

天明，始达都。都以黑石为墙，色如墨。楼阁近百尺。然少瓦，覆以红石；拾其残块磨甲上，无异丹砂。时值朝退，朝中有冠盖出，村人指曰："此相国也。"视之，双耳皆背生，鼻三孔，睫毛覆目如帘。又数骑出，曰："此大夫也。"以次各指其官职，率狰狞怪异；然位渐卑，丑亦渐杀[12]。无何，马归，街衢人望见之，噪奔跌蹶[13]，如逢怪物。村人百口解说，市人始敢遥立。既归，国中无大小，咸知村有异人，于是搢绅大夫[14]，争欲一广见闻，遂令村人要马[15]。然每至一家，阍人辄阖户[16]，丈夫女子窃窃自门隙中窥语；终一日，无敢延见者。村人曰："此间一执戟郎[17]，曾为先王出使异国，所阅人多，或不以子为惧。"造郎门。郎果喜，揖为上宾。视其貌，如八九十岁人。目睛突出，须卷如猬。曰："仆少奉王命，出使最多；独未尝至中华。今一百二十馀岁，又得睹上国人物，此不可不上闻于天子。然臣卧林下，十馀年不践朝阶。早旦，为君一行。"乃具饮馔，修主客礼。酒数行，出女乐十馀人，更番歌舞。貌类如夜叉[18]，皆以白锦缠头，拖朱衣及地。扮唱不知何词，腔拍恢诡[19]。主人顾而乐之。问："中国亦有此乐乎？"曰："有。"主人请拟其声，遂击桌为度一曲[20]。主人喜曰："异哉！声如凤鸣龙啸，得未曾闻。”

翼日[21]，趋朝，荐诸国王。王忻然下诏。有二三大臣，言其怪状，恐惊圣体。王乃止。即出告马，深为扼腕。居久之，与主人饮而醉，把剑起舞，以煤涂面作张飞[22]。主人以为美，曰：“请客以张飞见宰相，宰相必乐用之，厚禄不难致。”马曰：“嘻！游戏犹可，何能易面目图荣显？”主人固强之，马乃诺。主人设筵，邀当路者饮[23]，令马绘面以待。未几，客至，呼马出见客。客讶曰：“异哉！何前媸而今妍也！[24]”遂与共饮，甚欢。马婆娑歌“弋阳曲”[25]，一座无不倾倒。明日，交章荐马[26]。王喜，召以旌节[27]。既见，问中国治安之道[28]，马委曲上陈[29]，大蒙嘉叹，赐宴离宫[30]。酒酣，王曰：“闻卿善雅乐，可使寡人得而闻之乎？”马即起舞，亦效白锦缠头，作靡靡之音[31]。王大悦，即日拜下大夫。时与私宴，恩宠殊异。久而官僚百执事，颇觉其面目之假；所至，辄见人耳语，不甚与款洽[32]。马至是孤立，憪然不自安[33]。遂上疏乞休致[34]，不许；又告休沐[35]，乃给三月假。

于是乘传载金宝[36]，复归山村。村人膝行以迎。马以金赀分给旧所与交好者[37]，欢声雷动。村人曰：“吾侪小人受大夫赐[38]，明日赴海市，当求珍玩，用报大夫。”问：“海市何地？”曰：“海中市，四海鲛人，集货珠宝；四方十二国，均来贸易。中多神人游戏。云霞障天，波涛间作。贵人自重，不敢犯险阻，皆以金帛付我辈，代购异珍。今其期不远矣。”问所自知，曰：“每见海上朱鸟来往，七日即市。”马问行期，欲同游瞩。村人劝使自贵。马曰：“我顾沧海客[39]，何畏风涛？”未几，果有踵门寄赀者，遂与装赀入船。船容数十人，平底高栏。十人摇橹，激水如箭。凡三日，遥见水云幌漾之中[40]，楼阁层叠；贸迁之舟[41]，纷集如蚁。少时，抵城下。视墙上砖，皆长与人等。敌楼高接云汉[42]。维舟而入，见市上所陈，奇珍异宝，光明射眼，多人世所无。

一少年乘骏马来，市人尽奔避，云是“东洋三世子”[43]。世子过，目生曰：“此非异域人。”即有前马者来诘乡籍[44]。生揖道左，具展邦族[45]。世子喜曰：“既蒙辱临，缘分不浅！”于是授生骑，请与连辔。乃出西城。方至岛岸，所骑嘶跃入水。生大骇失声。则见海水中分，屹如壁立。俄睹宫殿，玳瑁为梁[46]，鲂鳞作瓦[47]；四壁晶明，鉴影炫目。下马揖入，仰见龙君在上，世子启奏："臣游市廛[48]，得中华贤士，引见大王。"生前拜舞[49]。龙君乃言："先生文学士，必能衙官屈、宋[50]。欲烦椽笔赋《海市》[51]，幸无吝珠玉[52]。"生稽首受命。授以水精之砚，龙鬣之毫[53]，纸光似雪，墨气如兰。生立成千馀言，献殿上。龙君击节曰[54]："先生雄才，有光水国多矣！"遂集诸龙族，讌集采霞宫。酒炙数行[55]，龙君执爵而向客曰："寡人所怜女，未有良匹，愿累先生。先生倘有意乎？"生离席愧荷[56]，唯唯而已。龙君顾左右语。无何，宫人数辈，扶女郎出，珮环声动[57]，鼓吹暴作，拜竟睨之，实仙人也。女拜已而去。少时，酒罢，双鬟挑画灯[58]，导生入副宫[59]。女浓妆坐伺。珊瑚之床，饰以八宝[60]；帐外流苏[61]，缀明珠如斗大；衾褥皆香软。天方曙，则雏女妖鬟，奔入满侧。生起，趋出朝谢。拜为驸马都尉[62]。以其赋驰传诸海。诸海龙君，皆专员来贺；争折简招驸马饮[63]。生衣绣裳，驾青虬[64]，呵殿而出[65]。武士数十骑，皆雕弧[66]，荷白棓[67]，晃耀填拥。马上弹筝，车中奏玉[68]。三日间，遍历诸海。由是"龙媒"之名，噪于四海。

宫中有玉树一株，围可合抱；本莹澈，如白琉璃；中有心，淡黄色；稍细于臂；叶类碧玉，厚一钱许，细碎有浓阴。常与女啸咏其下。花开满树，状类薝蔔[69]。每一瓣落，锵然作响。拾视之，如赤瑙雕镂[70]，光明可爱。时有异鸟来鸣。毛金碧色，尾长于身，声等哀玉[71]，恻人肺腑。生每闻辄念乡土。因谓女曰："亡出三年，恩慈间阻[72]，每一念及，涕膺汗背[73]。卿能从我归乎？"女曰："仙尘路隔，不能相依。妾亦不忍以鱼水之爱，夺膝下之欢[74]。容徐谋之。"生闻之，泣不自禁。女亦叹曰："此势之不能两全者也！"明日，生自外归。龙君曰："闻都尉有故土之思，诘旦趣装[75]，可乎？"生谢曰："逆旅孤臣，过蒙优宠，衔报之诚[76]，结于肺肝。容暂归省，当图复聚耳。"入暮，女置酒话别。生订后会。女曰："情缘尽矣。"生大悲，女曰："归养双亲，见君之孝。人生聚散，百年犹旦暮耳，何用作儿女哀泣？此后妾为君贞，君为妾义，两地同心，即伉俪也，何必旦夕相守，乃谓之偕老乎？若渝此盟，婚姻不吉。倘虑中馈乏人[77]，纳婢可耳。更有一事相嘱：自奉裳衣[78]，似有佳朕[79]，烦君命名。”生曰：“其女耶，可名龙宫；男耶，可名福海。”女乞一物为信。生在罗刹国所得赤玉莲花一对，出以授女。女曰：“三年后四月八日，君当泛舟南岛，还君体胤[80]。”女以鱼革为囊，实以珠宝，授生曰：“珍藏之，数世吃著不尽也。”天微明，王设祖帐[81]，馈遗甚丰。生拜别出宫。女乘白羊车，送诸海涘。生上岸下马，女致声珍重，回车便去，少顷便远。海水复合，不可复见。生乃归。

自浮海去，咸谓其已死；及至家，家人无不诧异。幸翁媪无恙，独妻已他适[82]。乃悟龙女“守义”之言，盖已先知也。父欲为生再婚；生不可，纳婢焉。谨志三年之期[83]，泛舟岛中。见两儿坐浮水面，拍流嬉笑，不动亦不沉。近引之。儿哑然捉生臂[84]，跃入怀中。其一大啼，似嗔生之不援己者。亦引上之。细审之，一男一女，貌皆婉秀。额上花冠缀玉，则赤莲在焉。背有锦囊，拆视，得书云：“翁姑计各无恙[85]。忽忽三年，红尘永隔；盈盈一水[86]，青鸟难通[87]。结想为梦，引领成劳[88]，茫茫蓝蔚，有恨如何也！顾念奔月姮娥[89]，且虚桂府[90]；投梭织女，犹怅银河。我何人斯，而能永好？兴思及此，辄复破涕为笑。别后两月，竟得孪生。今已啁啾怀抱[91]，颇解笑言；觅枣抓梨，不母可活[92]。敬以还君。所贻赤玉莲花，饰冠作信。膝头抱儿时，犹妾在左右也。闻君克践旧盟[93]，意愿斯慰。妾此生不二，之死靡他[94]。奁中珍物，不蓄兰膏[95]；镜里新妆，久辞粉黛。君似征人，妾作荡妇[96]，即置而不御[97]，亦何得谓非琴瑟哉[98]？独计翁姑亦既抱孙，曾未一觌新妇，揆之情理，亦属缺然。岁后阿姑窀穸[99]，当往临穴，一尽妇职。过此以往，则‘龙宫’无恙，不少把握之期[100]；‘福海’长生，或有往还之路。伏惟珍重，不尽欲言。”生反覆省书揽涕[101]。两儿抱颈曰：“归休乎！”生益恸，抚之曰：“儿知家在何许？”儿亟啼，呕哑言归[102]。生望海水茫茫，极天无际，雾鬟人渺[103]，烟波路穷。抱儿返棹，怅然遂归。

生知母寿不永[104]，周身物悉为预具[105]，墓中植松槚百馀。逾岁，媪果亡。灵舆至殡宫[106]，有女子缞绖临穴[107]。众方惊顾，忽而风激雷轰，继以急雨，转瞬间已失所在。松柏新植多枯，至是皆活。福海稍长，辄思其母，忽自投入海，数日始还。龙宫以女子不得往，时掩户泣。一日，昼暝，龙女忽入，止之曰："儿自成家，哭泣何为？"乃赐八尺珊瑚一树、龙脑香一帖[108]、明珠百颗、八宝嵌金合一双，为作嫁资。生闻之，突入，执手啜泣。俄顷，疾雷破屋，女已无矣。

异史氏曰[109]："花面逢迎[110]，世情如鬼。嗜痂之癖[111]，举世一辙[112]。'小惭小好，大惭大好。'[113]若公然带须眉以游都市[114]，其不骇而走者，盖几希矣[115]。彼陵阳痴子[116]，将抱连城玉向何处哭也？呜呼！显荣富贵，当于蜃楼海市中求之耳！"

【注释】

[1] 梨园子弟：戏曲艺人。唐玄宗李隆基曾选宫女数百人教于梨园，号为"皇帝梨园弟子"，后世因称戏曲艺人为梨园子弟。

[2] 郡庠：府学。庠，古代学校名。

[3] 权子母：指经商做买卖。古时国家铸钱，重者为母，轻者为子，权其轻重而用于贸易。

[4] 迨(dài)：等到。

[5] 褴(lán)褛(lǚ)：同"褴褛"，衣服破烂。

[6] 噬(shì)人：吃人。

[7] 耳食：耳朵像嘴巴一样消化信息，比喻轻信传闻。

[8] 上卿：古时天子、诸侯皆设卿，分上、中、下三等，上卿为最高等。此处指高官。

[9] 民社：人民和社稷。这里指地方官。

[10] 鼎烹：美食。鼎，古代贵族所用的一种三足两耳的炊具。妻子：妻子和孩子。

[11] 罗刹：梵语恶鬼的音译。此处为国名。

[12] 杀：减少，降低。

[13] 跌蹶：跌倒。

[14] 搢绅：同"缙绅"。搢，插；绅，衣带。古时官员插笏于衣带，以备遗忘，后遂以缙绅为官宦之代称。

[15] 要：同"邀"，邀请。

［16］ 阍人：看门人。阖户：关门。

［17］ 执戟郎：古代官名，负责宫廷侍卫。

［18］ 夜叉：佛教中相貌丑陋的恶鬼。

［19］ 恢诡：荒诞怪异。

［20］ 度：演唱。

［21］ 翼日：翌日，第二天。

［22］ 张飞：三国时蜀国将领，宋元戏曲小说多将其塑造为黑脸的形象。

［23］ 当路者：当权者。

［24］ 媸(chī)：丑陋。妍(yán)：美丽。

［25］ 婆娑：盘旋舞动貌。弋阳曲：弋阳腔，又称高腔，宋元南戏的四大声腔之一，发源于江西弋阳，故名。

［26］ 交章：纷纷向皇帝呈上奏章。

［27］ 旌节：古代使者所持的信物，又称符节。

［28］ 治安之道：治国安邦之道。

［29］ 委曲：原指事情的经过，这里指原原本本。

［30］ 离宫：帝王的行宫。

［31］ 靡靡之音：淫靡的乐曲。

［32］ 款洽：亲密，关系融洽。

［33］ 憪(xiàn)然：惴惴不安貌。

［34］ 休致：致仕，退休。

［35］ 休沐：休息洗沐，意为休假。

［36］ 乘传(zhuàn)：乘坐驿车。传，驿站的马车。

［37］ 赀：同“资”，资产。

［38］ 吾侪(chái)：我辈。

［39］ 顾：乃，是。沧海客：海商。

［40］ 怳漾：荡漾。

［41］ 贸迁：往来贸易。

［42］ 敌楼：谯楼，城门上用以瞭望的楼台。

［43］ 世子：帝王或诸侯的嫡子。

［44］ 前马者：马前的侍卫。诘：询问。

［45］ 具展邦族：详细说明籍贯、姓氏。

[46] 玳瑁：形似龟的动物，甲壳可做饰品。

[47] 鲂(fáng)：像鳊鱼，头小，身体扁平，似三角形，身体有银白色的鳞片。

[48] 市廛(chán)：店铺集中的市区。

[49] 拜舞：古代朝拜的礼节，下跪叩首之后舞蹈而退。

[50] 衙官屈、宋：以屈原、宋玉为自己的下属，谓文才出众。杜甫的祖父杜审言自视甚高，曾曰："吾文章当得屈、宋作衙官，吾笔当得王羲之北面。"语本此。

[51] 椽笔：大手笔，谓文笔出众。赋《海市》：写一篇关于海市的文章。

[52] 珠玉：比喻精妙的诗文。

[53] 龙鬣(liè)之毫：用龙颈部的长毛做成的毛笔。鬣，动物颈上的长毛。

[54] 击节：打拍子，形容十分欣赏。

[55] 酒炙(zhì)：酒肉。炙，烤肉。

[56] 离席：起身离开席位，表示恭敬。愧荷：感荷，指受惠承情而心里惭愧不安。

[57] 珮环：玉佩、耳环等女子身上的饰品。

[58] 双鬟：丫鬟，婢女。

[59] 副宫：皇宫的侧殿。此处指洞房。

[60] 八宝：各种各样的珍宝。

[61] 流苏：系在服装或器物上一种穗状的饰物，亦名旒或缨。

[62] 驸马都尉：古代官名，与公主结婚者多授此官，简称驸马。

[63] 折简：写信。

[64] 青虬：青龙。虬，传说中一种无角的龙。

[65] 呵：呵斥。殿：殿后。古时官员出行，仪卫前呵后殿，提醒行人回避让道。

[66] 雕弧：刻有花纹的弓。

[67] 荷：扛着。白棓(bàng)：大棍，大杖，这里指出行的仪仗。

[68] 奏玉：吹奏玉制的乐器。

[69] 薝(zhān)蔔(bǔ)：梵语郁金花的音译。

[70] 赤瑙：红玛瑙。雕镂：雕刻。

[71] 声等哀玉：如同玉器叩击发出的哀怨声响。

[72] 恩慈：父母。间阻：阻隔，分离。

[73] 涕膺汗背：涕流沾胸，汗流浃背，形容极度悲伤。

[74] 膝下之欢：在父母跟前尽心侍奉，以博父母欢心。

[75] 诘旦：清晨。趣(cù)装：快速整理行装。

[76] 衔报之诚：感恩图报之心。

[77] 中馈：家中做饭的主妇，代指妻室。

[78] 奉裳衣：伺候穿衣，犹言"奉巾栉"，充当妻室的委婉说法。

[79] 佳朕：好的征兆。此处指怀孕。

[80] 体胤：亲生的后代。

[81] 祖帐：古时在郊外路旁为饯别而搭建的帐篷。

[82] 他适：改嫁。

[83] 谨志：谨记。

[84] 哑然：大笑貌。捉：抓。

[85] 翁姑：公婆，又称舅姑。

[86] 盈盈一水：语本《古诗十九首》："盈盈一水间，脉脉不得语"。盈盈，水清澈貌。

[87] 青鸟难通：音信难通。青鸟，传说中为西王母传递信息的神鸟。

[88] 引领：伸着脖子，比喻期待。

[89] 姮娥：嫦娥。

[90] 桂府：月宫，传说月宫有桂树，故名。

[91] 啁(zhōu)啾(jiū)：原指鸟鸣，此处指幼儿呀呀学语之声。

[92] 不母可活：不用母亲哺育即可存活。母，哺育。

[93] 克践旧盟：信守之前的盟誓。克，能够。践，履行。

[94] 之死靡他：语本《诗经·鄘风·柏舟》："之死矢靡它"，谓忠贞不二，至死不变。

[95] 兰膏：以兰香所炼的一种润发香油，乃古代女子所用的一种化妆品。

[96] 荡妇：荡子之妇。荡子，出游在外的男子。

[97] 不御：没有肌肤之亲。

[98] 琴瑟：夫妻感情和谐。语本《诗经·小雅·常棣》："妻子好合，如鼓瑟琴。"

[99] 窀(zhūn)穸(xī):埋葬。

[100] 把握:携手。把握之期,相见之期。

[101] 揽涕:挥泪。

[102] 呕哑:象声词,即咿咿呀呀,形容幼儿说话声。

[103] 雾鬟:女子浓密的头发,常用作女子的代称。此处指龙女。

[104] 不永:不长久。

[105] 周身物:入殓的衣物。

[106] 灵舆:灵车。殡宫:坟墓。

[107] 缞(cuī)绖(dié):麻布做成的丧服。

[108] 龙脑香:香料名,即冰片。一帖:一剂。

[109] 异史氏:作者蒲松龄的自称。

[110] 花面逢迎:用假面貌迎合别人。

[111] 嗜痂(jiā)之癖:怪异的癖好。痂,伤口愈合后所结的硬皮。

[112] 举世:全天下。一辙:如出一辙,都一样。

[113] "小惭小好"二句:谓违背自己的本心取悦他人,自己内心惭愧,他人却鼓掌叫好。语本唐人韩愈《与冯宿论文书》:"仆为文久,每自则意中以为好,则人必以为恶矣。小称意人亦小怪之,大称意即人必大怪之也。时时应事作俗下文字,下笔令人惭,及示人,则人以为好矣。小惭者亦蒙谓之小好,大惭者即必以为大好矣。"

[114] 须眉:胡须和眉毛,代指男子。

[115] 几希:很少,几乎没有。语本《孟子·离娄下》:"人之所以异于禽兽者几希。"

[116] 陵阳痴子:指春秋时的楚人卞和,曾受封为陵阳侯。

【评析】

故事写马骥在两个不同国家的奇特经历。大罗刹国是一个神奇的国度,这个国家的人皆奇丑无比,狰狞怪异。比如,此国的宰相双耳反长,有三个鼻孔,睫毛像帘子一样覆盖双眼;执戟郎眼睛突出,胡须浓密弯曲,如同刺猬。大罗刹国在音乐舞蹈的审美上也令人难以理解。如执戟郎所出之女乐十余人貌如夜叉,其歌舞节拍则离奇古怪;达官贵人们为马骥所唱的俚俗音乐弋阳腔所倾倒,靡靡之音反倒被国王当作雅乐来欣赏,甚至连此国的都城也是黑墙红瓦，色彩诡异。总之，大罗刹国是一个以丑为美、妍媸颠倒的荒诞国度。正因为如此，马骥虽然形貌丰美、有“俊人”之号，但罗刹国人一开始却把他当作会吃人的妖怪看待，国王也因此不敢接见他。直到马骥以煤灰涂脸、扮作张飞的样子，达官贵人才交章举荐，最终获得国王的恩宠。与大罗刹国相比，东海龙国则显然是一个正常的国度。马骥因创作《海市赋》崭露才华，得龙王赏识，被封为驸马都尉，娶了美如天仙的龙女为妻，仕途、爱情皆如意顺遂。马骥在大罗刹国需要与以丑为美者沆瀣一气才能获得认同，在龙宫只需依靠自己的才华便可飞黄腾达。作者以马骥在两国迥然不同的境遇作对比，意在讽刺现实中的黑白颠倒和贤愚倒置，表达对世情如鬼的批判。蒲松龄一生屡考不第，科场蹉跎，沉沦下位，有志难伸，对世态炎凉深有体会。他在《聊斋自志》中说，自己创作的《聊斋志异》是一部“孤愤之书”，可见是有所寄托的。如果说马骥在大罗刹国的遭遇意在讽刺和批判，那么其在龙宫的经历则寄托了蒲松龄个人对实现理想抱负的憧憬。至于马骥与龙女悲欢离合的爱情故事，一方面可能对前代人神相恋的故事有所承袭，另一方面恐怕也和《聊斋志异》中诸多书生与狐鬼相恋的故事类似，寄寓了作者对柏拉图式理想爱情的渴望，一定程度上也可视为科举时代读书人婚恋理想的隐秘投射。